続・Hyde《ハイド》時々Jekyll《ジキル》

吉岡仁史
Hitoshi Yoshioka

文芸社

続・Hyde時々Jekyll◎目次

続・Hyde時々Jekyll

青天の霹靂・Ⅱ

うだるような灼熱の太陽が容赦なく照りつける二〇一五年のある夏の日、突然、俺の携帯が鳴った。

「吉岡仁史さんの携帯で間違いないですか？　こちらは青森県警弘前署の谷口というものだけど、おたく大久保久美子さんって方、ご存知ですよね。実はその女性から貴方に脅迫されていると、相談を受けているのですが……」

突然のことに頭が真っ白になった。

北九州にある大手電機メーカーに派遣社員として働きはじめて三年が経とうとしていた。

俺は相変わらず新しい刺激を欲していた。

この頃、会社の仲間連中の間で一眼レフカメラが流行りだしていた。

俺も趣味と言ったらパチンコかＳＥＸしかなかったので、何か没頭できるものが欲しくて思いきって高いカメラを買った。

仲間連中でいろんな場所へ撮りに行くなかで、だんだんと写真の腕前も上達していき、写真って、カメラって面白いな～と、どっぷりハマってしまった。

写真をＳＮＳに投稿しているうちにフォロワーも全国に何百人か増え、そのうち個人エステや結婚相談所のブロガーや小さな芸能事務所などから、デビュー前のアイドルの水着でのグラビア撮影や、ポートレート撮影などの依頼も舞い込んできた。

また全国の名所で撮った夜景や夕景などの風景写真も雑誌によく掲載され、ちょっとした小遣い稼ぎにもなった。

そしてある出会いをキッカケに、俺はサラリーマンを辞めた。

自殺未遂の女

ＳＮＳにひとつのコメントが入った。

「しまなみ海道の夕景綺麗ですね、私の故郷を綺麗に撮ってくれてありがとうございます」

その人は「ミー」と名乗る、広島在住の女だった。

俺はミーのＳＮＳを覗いてみた。

年の頃は三十歳くらいで、若い頃の「大竹しのぶ」に似て、ケラケラと笑った顔がチャーミングな女の子だった。

二十代後半くらいの彼氏と同棲中で、毎回その彼氏とコスプレしたり、化粧したりして変顔の写真をいっぱい載せていた。

毎回笑わせてくれるそのブログが気に入り、お互いフォローするようになった。

暫くしてから宮島へ花火を撮りに行くことがあったので、前から撮影してほしいと言われていた俺は、ミーと会うことにした。

同じコメントのなかで仲良くなった、明石に住む看護師の「さゆり」って子を含めた三人で、尾道で会う約束をした。

花火を撮った翌日、広島駅でミーと待ち合わせをし、さゆりの待つ尾道に行くことにした。

ミーの第一印象はSNSのまんまのひょうきんで明るい笑顔の可愛い女の子だった。

時間があったのでお茶をし、いろいろ話をするなかで彼氏との出会いなど訊いてみた。

今の彼氏はSNSで知り合い、初めてのデートで観覧車の中でフェラしてあげたとか、「私、マッサージが得意なの」と言ってそのまま自分のアパートでヘルスごっこをしたと、ケラケラ笑いながら言っている。その目はじ～っと俺の目を見つめて、まるで誘っているように見えた。

まだ時間があったので、「ラブホ行ってちょっとヌード撮らないか」と誘ってみると、「OK～」と即答で返ってきた。

服を脱ぐと、花瓶が置いてある壁際の一段奥まった棚のようなところへ腰掛け、両脚を大きく広げると、躊躇することなく人差し指と中指でヴァギナを大きく広げて見せた。そこはもう既に濡れてテカっていた。

そしてもう片方の人指し指を舐めながら、俺の目をじぃ～っと見つめていた。

その目は半開きの上目づかいで、まるで危険ドラッグやLSDでラリった女のように完璧にブッ飛んで、完全にイッていた。

さっきまでとはまったく別人格の、解離性同一性障害の女がそこにいた。

普段は恥じらいと自信のなかに垣間見える女性美、その一瞬の芸術作品を撮ることをモットーとしている俺にとって、これは期待していたシチュエーションや構図とはまったくかけ離れていたが、ある意味、初めて体験する「新しい刺激」にゾックゾクした俺は、この人格変貌の瞬間をカメラへ収めていった。

あまりにも刺激が強すぎて、その後のSEXはあまりよく憶えていない。

時間を忘れてハメ合った二人は約束の時間に遅れ、さゆりに「も～二人で何してたの～」って完璧に疑われていた。

尾道で二人を女優ばりに撮ってあげた。この時ミーはすっかり「Jekyll」に戻っていた。

その後広島で数回会って遊んだ。ミーの彼氏も含めて四人で花火をしたり、キャンプみたいなことをしたりしてサークル活動を楽しんだ。

ある日彼氏が宅配のアルバイトの夜勤だと言うので、ミーのアパートに泊まった。

部屋の壁の上にある、大きな額に入ったいくつかの賞状が目に入った。

国立大学院の「博士課程修了」や「特別教員免許」など三つ四つ飾ってあった。

「これ全部私ので、数年前までは〇〇大学の教壇に立っていた」と彼女が言った。

俺はびっくりした。この女は高学歴の秀才であり、普段はその片鱗さえ見せないギャップに驚いたが、この時はその後の事件まではまったく想像すらできなかった。

SEXの途中から変貌する姿にのめりこんでいた俺は、新しい刺激にゾックゾクしていた。まるで「ハイドとハイドのSEX」。

途中で乳首を洗濯バサミで挟み、それを思いっきり引っ張れと言う。もっと乳首が千切れんばかりに思いっきり強く引っ張れと。

まるで獣の遠吠えのようなけたたましい喘ぎ声に、アパートの隣室に完全に丸聞こえだなと思いながらも、あの若い彼氏は、羊ちゃんのようにいつもこの狼女の餌食になっているのかと思いながら、解離性同一性障害女のヴァギナの奥深くで俺の熱いバズーカが火を噴いた。

ある時、俺とSNSで仲良くしていた大阪の「かほ」という女が、俺とミーたちの間に割り込んできた。面白そうなので仲良くしてくださいみたいな感じで。

初めは仲良くしていたが、「ミー」が「かほ」に対してフォローしているのに、「かほ」はフォロワー申請してこないと言いはじめ、そのうちブログの中で喧嘩をするようになった。俺は面倒くさくなり、知らん顔をしていた。

暫くすると、さゆりからＬＩＮＥが入った。ミーが「これから死ぬ」と言ってきたと。俺は「死ぬ、死ぬって言うヤツに限って死んだところを見たことがない、ほっとけ」と言った。

さゆりは「でも友達だし、心配だから」と言い、夜勤明けだからこれから新幹線で行ってみると言いはじめた。

とめても無駄かなと思った俺は、「じゃ、何かわかったら連絡して」と告げた。

暫くしたらさゆりから連絡が来た。

アパートの管理人に鍵を開けてもらい部屋の中に入ったら、ミーちゃんが睡眠薬を大量に飲んで倒れていたので、救急車を呼んで病院に担ぎ込んだこと、幸い一命は取り留めたことが書いてあった。

ミーの人生に何があったのだろう？　今回は大阪の女と喧嘩という、ほんの些細なキッカケでたまたまスイッチが入っただけだろうが、その根底にあるこの女の人格形成を掌るその過程で、ＤＮＡの配列の中に不揃いなＤＮＡが紛れ込んだのか、高学歴の秀才というだけではなく、大学の教鞭を執っていたという社会的にも信頼されていた女が、ある日何かの拍子でプッツンと糸が切れたのだろうか。

ミーの場合、ＳＥＸの途中でもいきなりＨｙｄｅになる。

彼女はストレスや感情の高ぶりや興奮でジキルからハイドになるのだろうか。

欝やパニック障害など、何かしらの脳の病気で発症するのか、それとも精神的な経験や強いショックを受けた時にストレスとともに誰しも発症する可能性があるのだろうか。

そんな人にカウンセリングなどの治療は本当に効果があるのだろうか。

俺の傍にも実際、欝や精神を病んでいる女が何人かいる。

でもこれだけは言える。そんな人に「励まし、同情、応援」などは逆効果である。

そんな人とは関わらないのが一番である。

さゆりには「もう縁は切る。さゆりもこれ以上関わらないほうがいいぞ」と言って、俺はこの「ヒロシマ・サークル」を廃部とした。

娘の家庭教師に抱いてもらえなかった母親

ある女性から撮影の依頼が来た。クリスマスシーズンのこの時期、「東京六本木のイルミネーションと一緒に撮ってほしい」と。

彼女のＳＮＳを見ると、全国的に展開しているアンチエイジングスクールの美容インストラクターということで、多くのレオタード姿のセレブな奥様たちの前でレッスンしている写真がたくさん載っていた。

そこの女校長はテレビなどにもちょくちょく出ている有名なカリスマだった。

依頼してきた八木明子という四十五歳のその女性は見るからにセレブの奥様って感じで、整形しているかどうかわからないが、上品な顔立ちと金をかけて絞ったボディライン、その身体に纏わりつく高そうなブランド服、そしてセンスのいいヘアースタイルをし、有名店でのランチ風景や豪華なパーティの写真で毎日溢れかえっていた。

東京までのかなり高い諸経費をもらい、六本木で待ち合わせた俺は、レンタカーに彼女を乗せると、夜まで時間があるのでちょっと横浜までドライブしようと言って車を走らせた。

車内でいろんな話をした。代官山に住み、旦那は会社の重役、中学生の娘がひとりいて、普段はベンツに乗っていることなどなど。

ＳＮＳの世界って恐ろしいもので、ネットの中で文字のみで数回やりとりしただけで、妙な信頼関係みたいなものが芽生える。奇跡の一枚や加工したプロフィール写真だけで、逢うまでの数日妄想に耽る。そして自分の中に相手を作りこんでしまう。きっとこんな素敵な人だろうと。

そしていざ会ってみた印象は、自分が思い描いていた理想とは少し違っていたが、もう既に気持ちが入り込んでいるので、少々のギャップなど関係なくなっている。

迷うことなく俺は横浜新道沿いにあるラブホテルへ車を滑り込ませた。

明子は覚悟をしていたかのように無言だった。

シャワーも浴びないでいきなりベッドへ押し倒すと、ディープキスをしながらブランドもののブラウスとスカートを脱がせていった。白地にバラの模様が入った真新しく高そうな上下お揃いの下着からは、高級な香水の香りがした。昔つきあっていた銀座のクラブのママが洗濯のたびに洗濯機に香水を垂らしていたのを思い出した、ベッドで愛撫をしながら、いつものように訊いてみた。「浮気するの、何人目？」と。

すると「初めてよ」と答えたので「ホントに？」って訊くと、いきなり泣きはじめた。

そして声を震わせこう言った。

「抱いてもらえなかったの……抱いてくれなかったの……」と。

この女、いきなり何を言い出すのかと思い、驚いて更に訊いてみた。

「誰に？」

すると「先生に」と答えた。

詳しく訊いてみると、中学生の娘の家庭教師に大学生の男の子を雇っていて、毎日毎日顔を合わせているうち、その子のことが好きになったらしい。

ある日、日ごろのお礼を兼ねて高級店で食事に誘い、その後雰囲気のいいバーへ連れていき、酒の力を借りて思いきって切り出したらしい。

「朝まで一緒にいてほしい」と。

そしたら、やんわりと断られたと。

俺はそれを聞いて、ＡＶでよくあるストーリーだが、現実にもあるんだなと思った。

仮にその男の子が二十歳だとして、教えている十四、五歳の女の子になら興味を持つかも知れないが、下手をすれば自分のお袋より年上のおばちゃんには興味持たないだろうな。

いくら若作りしていて綺麗でも、熟女フェチならいざ知らずと思った。

そして泣きながら俺の目を見て「イカせてくれる？　私をイカせてくれる？」と訊いてきたので、更に詳しく訊いてみると浮気をしたことがなく、旦那には今まで一回もイカせてもらったことがないという。そしてバイブなら使ったことがあるけど、激しく使い過ぎて壊れた……と泣きっ面で言っている。

俺はそれを聞いて、吹き出してしまった。

東京の六本木で、レオタード姿のセレブな奥様たちの前で、歳を重ねてもこんなに美しく引き締まったボディライン、バストからウエスト、そしてヒップに至るまで理想的な身体にシェイプアップするには私と同じようにしなさい、そしてこの美顔器、この化粧品、このレッスンを受けなさいと女心に入り込み、マルチ紛いの商法で自分もたくさんの在庫を抱え、ピラミッドの頂点のほんの数人の幹部しか儲からない構図というか仕組みを、知ってか知らずか、自分も早く傘下を増やしていつかは幹部へと。

そんなトレンディな女が見せる仮面の裏側と、人生で初めての浮気、そしてとにかくイカせてもらいたい。それと二十歳以上も年下の男の子とＳＥＸがしたかった母親。

俺の脳髄に激震が走り、汁が洪水のように溢れるには十分な材料が揃っていた。

俺はいつものように、明子の携帯に納まっている旦那の写真を見ながら「旦那さん、奥さんを食べちゃっていいかな？　初めて旦那以外の男のペニスが入っちゃうよ～、奥さんはこないだ若くて威勢のいいペニスを食いそびれて欲求不満らしい。誰でもいいから、とにかくイカせて頂戴って言ってるよ～」と声に出して明子に語りかけると、俺のバズーカはゆっくりと、高級香水の香りがするヴァギナの中に吸い込まれていった。

明子は旦那とは明らかに違う極太のバズーカに驚愕し、「すご～い、きもちいい～」を連発し、ものすごい勢いで自ら腰を激しく振り、俺のバイブも壊れるんじゃないかと思った。

明子は白目を剥かんばかりにヨダレを垂れ流しながら俺の腕の中で悶絶していた。

何日かしてから、また明子に東京に呼び出された。

ヌードを撮ってもらう決心がついたと。

東京タワーが目の前に大きく聳える高級ホテルの最上階にあるスイートをとっていた。

一泊何十万もするだけあって、何室もある豪華な室内に洒落たインテリアは最高のスタジオだった。

俺はありきたりのヌードは撮らない。もちろんオッパイや陰部を撮るのが目的ではない。

前にも書いたが、女性の恥じらいと自信のなかに垣間見える美、その一瞬を逃さない。そして何よりもロケーションを大事にする。

今回の撮影で一番のお気に入りは、スイートのバカでかい窓を額縁代わりにして、窓の向こうには真ん中に聳え立つ東京タワー、その両サイドのヒルズとミッドタウンの高層ビル、部屋の明かりをすべて消し、東京の一〇〇万ドルの夜景の前に浮かび上がる裸のシルエット、顔も裸体もはっきり見えないが、シルエットとして浮かび上がる引き締まったボディラインと夜景との調和。

その芸術性に俺の脳髄が震える。

まるでSEXでオルガズムに達したような満足感、SEXと写真は似ているなと思った。明子もこの写真の出来栄えにすごく感激し、諸経費以外の撮影代のみで五十万もくれた。そして「月、三十万払うから私の専属カメラマンになって。私の生徒さんたちを撮ってほしいの」と言った。

俺は真剣に悩んだ。狭苦しい企業の中で、ちょっとした言動や女を見る目つきで、やれセクハラだモラハラだと言われる不条理だらけの世知辛い世界で、女の目障りにならないように働かなければならない窮屈さ、毎日決まったルーティンのつまらない仕事、何年、何十年働こうが出世とは無縁の派遣社員、それに比べフレッシュではないかも知れないが、毎日熟した日替わりランチ、四十そこそこの金妻たちのレオタード姿や時にはヌードを、どんだけスケベな目でファインダーを覗こうが、被写体に触れようが自由という、いつでもセクハラ三昧の世界。

どっちを選択するか、おのずと答えは出る。

なんの保障もなく、後ろ盾もないまま仕事を辞めるわけがない。

冒頭に書いたように、俺はこの女と出会ってサラリーマンを辞めた。

「さ・し・す・せ・そ」の女

俺は月二くらいのペースで東京に出張した。

六本木のサロンや名の知れたホテルの大ホールを借り切ってのパーティや、全国の代表者で行うビフォー・アフター的なコンテストなど、総勢何百人という三十代、四十代の、まだまだこれから一花も二花も咲かせたい奥様たちを撮りまくった。

多くの女性から信頼と艶っぽい眼差しで見られ、最初は「誰？」って感じで見られていたカリスマ女校長にも認められ、一目置かれる存在になっていった。

生徒さんのなかに陽子という、むしゃぶりつきたくなる女がいた。

ちょうど四十歳のその女は、身体から滲み出てくるフェロモン、それもエロいフェロモンではなく、見た目は至って普通の奥さんなのに、整形や化粧や香水で誤魔化している他の女と違って、そのナチュラルな素朴さのなかから漂ってくる「人妻」の男好きしそうなフェロモンに、気になる存在となっていった。

事あるごとに、陽子だけは特別に気合いを入れて撮ってあげた。それが功を奏したのかプライベートでも会うようになり、やがて男と女の関係になった。

カメラマンとしての秘匿義務があるので、誰々のヌードを撮ったとか一切明かしていなかったが、陽子は自らヌードを撮りたいと言ってきたので、二回にわたりロケーションを変えて撮ってあげた。

四十歳と言ってもまだまだ若く、肌もハリがあり、シワやタルミも一切ない綺麗なカラダをしていた。だが超エロい女で、こんな女に出会った男はほっとかないだろうなと思った通り、陽子には不倫相手がいた。

旦那は調理師でレストランのコック長をしており、陽子も昼間はある企業で会計士として働いていた。不倫相手は同じ会社の会計士だった。

俺の誕生日をラブホで迎えた時、陽子は小ぶりなデコレーションケーキを買ってきてくれた。

陽子はケーキを箱から取り出すと、「はい仁史、脱いで」と言って、裸になった俺を椅子に座らせ、ケーキのクリームを指で掬い取ると、なんと俺のペニスの亀頭に塗りはじめた。

「あふっ」ヒヤッとしてくすぐったくて、俺は腰が引けた。

陽子は「ダメ～、ほらちゃんと前に出して」と言い、ニヤニヤしながら塗っている。

満遍なく塗り終えたあと、俺のペニスを両手で持って「仁史、誕生日おめでとう～、いっただきま～す」と言うと、ペニスについたクリームを舐めはじめた。

俺はくすぐったいやら、むずがゆいやらで悶絶していた。そのうちクリームも全部綺麗に舐めとられた俺のペニスはビンビンに血管を浮かべ、そそり立っていた。

それをマジマジ見て陽子は、「おっきいね～、彼氏のがおっきいと思っていたけど、その上をいくわ～」とカリにガマン汁とクリームのカスを塗りたくりながら言っている。

「彼氏ともこんなことやってんのか?」と訊くと、「そうね、いつも変態チックなことしてるわ」と答えた。仕事中二人で顧客のところへ出かける途中でヤリたくなって、スーパーの駐車場に停めた車の中でハメてから行ったり、旦那の勤めているレストランが入るビルの多目的トイレでヤッたりしたこともあると言っていた。

別に旦那とも普通に性交渉はあり、特に不満もないらしい。ただマンネリ化した夫婦関係にちょっぴりスパイスが欲しいだけと言っていた。

陽子とSEXする時はいつも外出しか飲んでもらっていた。彼氏から「いつも中に出したいからピルを飲んでくれないか」と言われるとも言っていた。

それを聞いた俺が「今まで一日に最高何人の男とヤッたことある？」と訊くと、

「え〜ないよ〜、旦那とは月に一回、休みの日の朝あればいいほうだし〜」

「じゃ〜長男・次男・三男で一日三人の男に抱かれてみようか」

「長男・次男……って誰よ〜」

「長男は旦那、三番目の俺は三男に決まっているだろう」

「え〜っ、仁史が一番年上なのに三男なの〜」って笑い転げていた。

そして「面白そうだね」と答えたので、俺が「どうせやるなら、その月だけピルを飲んで全員に中出しってのはどう？　陽子の体内で愛している三人の精子が混ざり合うんだぜ」って言うと、ニヤッと笑いながら「いいわ」と答えた。

前回旦那とヤッた日を訊き、大体一ヶ月後の休みの日に焦点を絞って日にちを決めた。

そして決行の日、ＬＩＮＥで今朝、旦那とヤッて安全日だと言って中に出させたこと、今ラブホで彼氏はシャワー中だということ、夜は予定通りに会うということを確認した。

夜約束の場所で落ち合い、早速ラブホへ向かった。彼氏は嬉しそうに二回も私の中で果てたと、ニコニコしながら言っている。

俺たちは素っ裸になってハメ合った。

さすがにこの時は、陽子のアソコを舐める気がしなかった。俺には昔、千夏のアソコから旦那の精子がドロ～と出てきたのを知らないで、うまそうに舐めていた苦い経験があり、あまりいいものじゃないと知っていたからだ。

俺のビンビンにそそり立つペニスを咥えた陽子のヴァギナは、男どもの熱いモノでグチョグチョになっていた。

俺の下で悶絶し、喘ぎ声を上げてよがっている陽子に、「どうよ、三人の違いがわかるか？　どれが一番おいしいか言ってみろ」と言うと、「ああっ、やっぱり仁史のが一番おっきぃ、やっぱり違うわぁ」と、まるで八百屋でキュウリやナスのハリや形や大きさの違いを掌で吟味するように、この女はヴァギナで三本のナスを今吟味している。

この女、いろんな男に抱かれるたびに「貴方が一番よ」って言っているんだろうなと思いながらも、俺の前に二人の男に抱かれたことに少なからず嫉妬心を抱くと、今までにない感情が芽生えてきて、ピルを飲んで避妊中の陽子のヴァギナの奥の子宮に向かって、俺のバズーカから止め処もなく、物凄い勢いで砲弾が何発も打ち込まれた。

朝は旦那が「砂糖」を入れ過ぎたので、昼に彼氏が「塩」を二摘みまぶし、夜は俺の「酢」で味を引き締めた。

この女の中で「たっぷん、たっぷん」と混ざり合い、俺たち三人の調味料が、この女の具に染み込んでいく。

調理長の旦那の薄味を、俺が最終仕上げで、ちょうどいい塩梅に調えてやった。

陽子はイッたあと、俺たち三人のうま味を染み込ませたプルップルの潤いのある肌から、うっすらと汗、イヤ煮汁を染み出しながら、天国の雲の上をフワフワと漂っている。

俺が「三人の男に愛されて幸せか？」と尋ねると「ああっ、シアワセ～」と言った。

この女はこれが癖となり、そのうち「せ」醤油、「そ」味噌の男も見つけるのだろうなと俺は思った。

モンマルトルの丘―魔性の女―

六本木サロンのインストラクターをしている明子たちの上に、このサロンを統括している絢子というパーソナルトレーナーがいた。

いわゆるピラミッドの二段目に君臨して、マルチで暴利を貪る、わずかな幹部の一人だ。四十二歳の絢子はスッチー上がりで、色白でスタイル抜群、若い頃の黒木瞳を髣髴とさせるような極上級の女で、六本木一、イヤ、日本中のスクールのなかでもズバ抜けて輝いていた。

どことなく近寄りがたいオーラを発し、カリスマ女校長の一番の秘蔵っ子だった。生徒の誰もがこんな女性になりたいと憧れていた。

白金に住み、旦那は大企業の社長、真っ赤なレクサスを乗り回す、まさしく紛れもないセレブ妻であった。

金持ちが金を引き寄せる、やっぱり金がないと何もできないんだなと俺は思った。

そんな絢子から俺に連絡が入った。

来月博多でセミナーを開き、海外からも大切なお客様を招くのでカメラマンとしてお願いしたいと。

六本木のサロンでみんなが帰ったあと、タダで特別に絢子をドレスに着替えさせ、魔性の女のように妖艶で美しく、そしてシリアスにいろんな表情で撮ってあげた。その写真を絢子は気に入り、プロフィール写真でも使っていた。

そんなこともあり、俺に声をかけてきたのだろう。それとも格安、イヤ、できればタダでという思いもあるのかも。金持ちに限って金に汚いところがあるから。

予定日を訊くと、来月俺がフランスへ写真を撮りに行き、帰ってくる次の日だった。

次の日かあ……と思ったが、レセプションパーティは夜だから撮影は夜だけでいいというので、俺はOKした。

フランス行きのことを絢子に伝えると、「フランスかぁ～いいな～、何年か前に校長と幹部連中で行ったけど、また行きたいな～」と言ってきたので、お土産を買ってきてあげると伝えると素直に喜んでいた。

フランスから帰国した翌日、絢子の主催するパーティに向かった。新しくオープンした博多スクールの開業記念パーティで、博多の関係者と校長をはじめ幹部連中と、海外から招かれた客、外国人かと思ったら海外に赴任中の大企業の社長や重役の奥様連中だった。あとから聞いたが、海外進出も視野に入れているらしい。

下っ端の明子は呼ばれることはなかった。

まるで仮面舞踏会か何か映画で見るようなパーティで、俺の知らない別世界がそこにあった。

撮影も順調に終え、絢子が「今日はありがとう。清算は今度でいいかしら?」と言ってきたので「いいですよ、お疲れ様でした」と言いながら(いえいえ、こちらこそありがとう、福岡中のセレブの奥様をご紹介いただいて……)と心の中で呟いていた。

もちろん撮影中は多くのセレブの奥様連中に、コマセを、イヤ名刺をばら撒くことを忘れはしない。

パーティもお開きになり、帰ろうとした時に思い出した。「いっけねぇ。土産渡しそびれた」と思ったそのことをLINEで伝え、地下鉄に飛び乗った。

三十分ぐらいしたらLINEが来て、「パーティ会場のホテルの○○○号室に泊まっているので、三十分ぐらいしたら来られる?」と返事が来た。

俺はすぐに引き返した。

部屋のドアをノックすると、バスローブに身を包み、頭にバスタオルを巻いた絢子がドアを開けてくれた。そして「スッピンだから恥ずかしいわ」と言った。

「地がいいとスッピンでもこんなに綺麗なんだ〜」と口走ると、ポッと顔を赤らめ、普段はどちらかというと表情のあまり変わらない冷たそうな美人だが、こんな可愛い一面もあるんだなと思った。

スイートとまではいかなくても、だだっ広い部屋にキングサイズのベッドが二つ並んでいた。

「誰かと一緒なの？」

「ううん、一人よ、博多はいつもこの部屋なの」

俺はソファーに座ると、鞄から土産を出して渡した。それは球状のガラスの水の中にエッフェル塔の模型が入って、振れば雪が舞うスノーグローブだ。

それを手に取った絢子は、揺らしながら水の中でキラキラ光るスパンコールや雪に見立てた白いものがエッフェル塔に降り注ぐ様を見て「うわぁ〜きれい〜、ありがとう〜」と言った。

六本木のスクールでドレスを着たところを撮ってあげた時、絢子に「一番輝いている今、二度と戻らない今の自分のありのままの姿を、『一生の宝物』を撮らないか？　そして何年後、何十年後にそのアルバムを開いてほしい」と言ったことがある。

するとと絢子は「そうね、でも東京ではムリかなあ。主人に知れたら大変だもん。今度吉岡さんがいる福岡に行ったら考えてもいいかなあ」と言っていた。

六本木のスクールで「私がこの支部の総責任者よ」という高飛車でちょっと高慢な女。人は何に一番興奮するか？「それは普段何気なく目にしている近いもの」だと映画『羊たちの沈黙』でレクター博士が言っていたように、俺も真っ赤なレクサスを転がす本物のセレブ妻をしょっちゅう目にするうちに、この社長夫人が一番気になる存在となっていた。

「吉岡さんがいる福岡に行ったら……」と言っていたので、思いきって訊いてみた。

すると絢子は「え〜ムリよ〜、髪も濡れているし、お化粧も落としちゃったし〜」というので「髪を乾かして。待ってるから。チャンスはモノにしたほうがいいよ、これを逃したら次はないかも知れないよ」と言い、ドライヤーで髪を乾かしている横で、俺はまるでアラーキーのように撮りはじめた。

大きな窓からは遊園地のネオンがまるでイルミネーションのようにキラキラと輝き、その額縁の中の絵との構図を考えていた。

絢子の気持ちは固まったようで、ヘアーメイクも完璧に仕上がり、この女の、お高くとまっているわけではないが人を寄せ付けぬオーラを、魔性の女っぽく撮っていった。

最初は緊張していた絢子だったが、撮るたびにモニター画面で出来栄えを見せると、その都度感激していた。徐々に大胆なポーズをとらせ初めて見る全裸の後ろ姿や、全裸にガーターストッキングとハイヒールで片脚を椅子にかけ、ストッキングを下ろしながら、そのしなやかな指先を見つめるシリアスな表情……今まで見たことのない自分の美の発見に
「これいいね〜」を連発した。

誰かに見られている快感、撮られている快感に、この女も脳髄にヨダレを少しずつ垂らしはじめた。そこで俺は部屋の中にあるちょっとゴージャスで大きな机を窓の中央へ動かし、その上に絢子を横向きで踵から座らせた。

両手を後ろへつき、そのままお尻を上げ、背中をエビのように反らせると、引き締まったお腹からバストにかけて、美しい山々の稜線を観覧車の柔らかい光が照らすように、絹のような肌に溶け込んでいた。

その山間に染み込んだ雨水が地下水となり、マンスジという切れ目から染み出し、観覧車のライトアップが反射して光っていた。

それを見た俺は絢子の足元にまわり、山間の裾野の岩の切れ目、イヤ、マンスジの切れ目に舌を這わすと、染み出す地下水を啜った。

絢子は「キャ〜」と言いながら「くすぐったいよ〜」と笑っていたが、そのうち「あっ、あ〜、ダメ〜、そこダメ〜、きもちいい〜」と悶えはじめた。

絢子の脚がブルブル小刻みに震えだしたので、ベッドで楽しもうと口を離すと、「ダメ〜、やめないで、もっと、もっとして〜」と催促した。

面白くなってきた俺が絢子の脚を更に広げさせ、お尻を両手で持ち上げて滴る蜜を啜りながらクリを攻めると、絢子は「ああっ、きもちいぃ、きもちいぃ、はずかしいけど、きもちいいぃ〜」と喘ぎ、そのうち「もうダメぇ、手に力が入らない、もうダメ〜」というのでお尻を下ろさせると、机の上に背中から崩れ落ちた。

俺は上半身だけ脱ぐと、ベッドの上で絢子に向こうを向かせ、バックの体勢で脚を広げさせた。そして後ろからまたヴァギナに舌を突っ込み舐め上げると、さらに甘い蜜が溢れてきた。

舐められながら悶絶し、喘ぎ声をあげている絢子の脚の間に、俺も脚から滑り込む。シックスナインの格好になった俺のズボンのベルトを、絢子は凄い勢いで外しにかかっている。

　俺のペニスを咥え込んだ絢子は「すっご～い、吉岡さんすっご～い」と右手でペニスを握り締め、カリに舌を絡めている。

「ヒトシでいいよ、ヒトシって呼んで」と言うと、「あ～すっご～い、ヒトシのすごく大きい～」と言った。

　我慢できなくなった俺は、この極上級の女をバックから突き上げて犯した。

　俺のペニスが奥深く、未だかつて誰も触れたことのない領域に達するたびに「すご～い、こんなの初めて～、きもちいい～」とさらに喘ぎ出した。

「旦那とはいつヤッたの？」

「もう長いことしてない」

「なんで？」

「もう歳だし、主人はあまりアッチの方は強くないの」

　金を儲けることに情熱を燃やして贅沢な暮らしをさせてくれているからと、そんな旦那でも我慢しているこの欲求不満で、宝の持ち腐れのような人妻を、俺は上から下からバックからガンガン突いて犯した。

「ああっ、ああ～すっご～い、何これ～引っかかってるよ、ねえ、引っかかってる～、そこが～、おくがきもちいい～、こんなのはじめて～」と喘いでいる絢子に「旦那と比べてどうなの？」と訊く。

「ああっ、最高っ、主人より、主人より何倍もきもちいい～」を連発する絢子のエロ顔を見つめながら、「やれやれ、世の中の亭主どもは何をやってるんだ？　七十近い旦那は再婚だと聞いたことがある、大企業の社長ともなると、銀座に愛人の一人や二人いるはず、女房も満足させられない男が、そんな女たちを満足させてやってんのか～、どうせ愛人たちも金の繋がりだけだろうが」と思った。

この美貌を持ち、地位も名誉もあり、何不自由なく贅沢な生活をおくる妻が持っている「幸せの水」が本物なら、「幸せで平穏な生活を乱さないで」と俺の出る幕など当然ないはずだ。

旦那に対する本物の愛を俺に見せてくれとこうやって試してみるが、普段旦那に満たしてもらえない女の欲求から、違う花畑の甘い蜜の誘惑に負け、俺の魔の手に落ちてゆく。

そんなことを考えていたら、「ダメ～、イッちゃう～イッちゃうよ～」と言い、俺の下でガクガク～と落ちて、天国への階段を一気に駆け上がっていった。

そんな絢子のエロ顔でＭＡＸに達した俺は、イク瞬間抜いて絢子のこんもりした茂みの丘に、ドロドロしたマグマを怒涛の如くブチまけた。

エッフェル塔ではなく、絢子のモンマルトルの丘に俺の白くてサラサラしていない雪を降らせた。

視姦するオッサン

次の日は休みだから東京には夕方に戻ればいいというので、絢子が前から行ってみたかったという能古島へ行くことにした。

福岡からフェリーで十分もあれば着く小さな島だ。

島に渡って灯台や岬に行き、俺たち「擬似夫婦」は一日たっぷりと楽しんだ。

誰もいない岬の岩場の陰で、青姦を楽しむのも忘れなかった。

帰りのフェリーまで少し時間があり、たくさんの車が列を成し待っていた。さっきまで張り切りすぎてグロッキー寸前の俺は、三列目のシートを少し倒して寛いでいた。絢子はスライドドアを開け、今日一日楽しんだ食べ物のカスやジュースの缶が散乱している車内を片付けている。

俺の車の横に普通の乗用車が並んで乗船を待っており、運転席に五十過ぎのオッサンが一人座っていた。俺はスモークで外からは車内が見えない窓から、ぼんやり外を眺めていた。

さっきから横のオッサンがこっちをチラッチラッと見ているのに気づいた。俺のワンボックスより低い位置にあるその運転席からは、ステップに片脚をかけ、もう一方の脚を大きく後ろに広げ投げ出し、前屈みになって遠くのゴミを集めている絢子の、スカートの奥の奥、秘部まで丸見えであろうと想像ができる。

俺は面白くなり、小声で「後ろのオッサンがスカートの中を覗いているから、そのままもっと脚を広げな」と言った。

こういうことが大好きな絢子はスカートの腰のあたりを少し上げて更に短くし、さっきより片脚を大きく広げた。まるでストリッパーや平均台の体操選手のように、オッサンの頭の上で広げてみせ、二列目や三列目の掃除をしているふりをしている。

オッサンは最初こそ周りや他に誰か乗っていないかキョロキョロしていたが、今はこの女一人と思ったのか、絢子の素足の奥の真っ赤なパンティーの秘部のあたりを穴が開くほどジ～ッと見ていた。

そのうちオッサンの右肩が小刻みに震え出した。どうやら自分で扱《しご》いているようだ。もうこのオッサンの脳髄には、ヨダレが溢れ出しているのだろう。

絢子には後ろから視姦しているオッサンの顔は見えないが、逆にオッサンを犯すように、秘部を包み込んでムレムレに湿っている真っ赤なパンティーを思う存分見せびらかした。

暫くしてオッサンが前屈みになると、微かに聞こえた「ウッ」という声、おそらく白くドロドロしたマグマがオッサンの掌にぶちまけられたのだろう。

オッサンは絢子のいやらしい尻とその付け根から見える汁を垂らした秘部を覆っている、その湿った真っ赤なエロいパンティーを見ながら果てた。

その後オッサンはティッシュの塊を握り締めながら助手席側から出て、トイレの方へ歩いていった。

車に乗せてこの一部始終を聞かせてやると、絢子は嬉しそうな顔をしていた。このちょっとした、思ってもいなかった変態行為に、ついさっき青姦で満足したばかりの俺のバズーカがムクムクと起き上がってきた。

絢子の口で鎮めてもらいながら、あのオッサンは、そんじょそこらにはいない、絢子のように若くていい女とハメたことなどないんだろうな。同じ女房だけを何十年と抱く……毎回同じオカズだと飽きるだろうに。

俺はまっぴらだ、男に生まれたからには、どうせ同じ一生なら楽しまなきゃあ損だ。誰かが言っていた。「頭とチンポは生きてるうちに使え」と。まったくその通りだ。

その時コンコンと窓を叩く音、「もうすぐ乗船ですよ〜」と係員が回っている。

しゃぶっていた絢子は驚くこともなく、早くイッてとばかりに逆に激しさを増し、頭の中のオッサンを口で犯していた。

風呂に沈む女

俺をこの世界に引きずり込んだ女、明子とは約三年ばかり続いた。

その間、多くのいい思いもさせてもらった。スクールのインストラクターや生徒ばかりでなく、パーティなどでコマセを撒いた奥様たちが俺のＳＮＳを見て、自分もこんな風に撮ってほしいと入れ食い状態だった。

明子はそんなことを知りながらも俺から離れようとはしなかった。初めてのオトコである俺にゾッコンだったから。

イッたことがない女は、結局イクことができたのか、俺はイカせてあげられたのか、気になるところだろう。

もちろん毎回イカせてやっている……と言いたいところだが、流石の俺でもイカせてやれなかった。

俺も数々の女とヤッてきたが、毎回イカせるわけではない、俺の経験上四割くらいの女はイクことはない、三割程度はイッたりイカなかったり、そして残りの三割は必ずイクというデータが俺の下半身のＵＳＢメモリーに残っている。

体型も関係あると思う。小柄で痩せている女ほどイキやすい、大柄な女ほどイキにくいってのもあるだろうが、経験人数は関係なく、年齢も関係ないと思う。

だが、回数は多少なりとも関係あるかも知れない。男で言えば自慰行為を覚えたガキの頃、どこを触ってもすぐにイッたが、やり過ぎてくると、だんだんと刺激の部位や触る強弱が変わって、少しずつ敏感から鈍感へと変化していく。

ＳＥＸを覚えだしたガキの頃もイッたあと太腿の内側に、なんとも言えぬ、痺れのような痙攣のような気持ちのいい震えがとまらず暫く立ち上がることができなかったがあの感触はもう何十年も味わっていない、ヤクでもやればまた味わえるかも知れないと思う。

女も同じことが言えるのだろうか。

未だかつて触れられたこともないヴァギナの奥の奥、超敏感な細胞壁を俺の亀頭の出っ張ったエラで引っ掻き回されるたびにブルブルと脚を震わせたり、ビクビク〜と下半身を痙攣させせて喘いだりしている様を見ると、俺が昔味わったような感触をこの女も今味わっているんだろう、そんな初めての快感を俺から教わったら、そりゃ〜クセになり夢中になるわな、と思う。

ある時、明子がネットで「イカせ屋」というサイトを見つけて行ってきたと暴露（？）、白状（？）した。

詳しく訊いてみると「必ずイカせます」という謳い文句で載っていたという。

俺は訊いてみた。「それでどうだったんだ？」

すると明子は「行くともう一人他に女がいて客は二人だった。そしてその女は別室で待たされ、私からはじまった」と。更に「最初は指で弄られ、フィンガーテクニックとか貴女のGスポットはここですとか言われ、激しく弄くり回され、更にオモチャでも激しく攻められた」と。

「それでイケたのか?」と訊くと「結局イケなかった」と言った。

そこで俺が「指とオモチャで攻めてもイカせなかった男に、最終的にはペニスを突っ込んでもらったんだろ?」と核心をついてみた。

明子は「すべて見透かされているの」って目をして俯きながら、泣きそうな声で「ゴメンナサイ」と言った。

更に「結局SEXでもイカせてもらえなくて、その男は『貴女はイカないんじゃなくて常にイッている状態なんですよ』って言われた」と。

俺はそれを聞いて「なんじゃ、そりゃ」と思い、このバカ女もまんまと罠にはまり、男が用意したサクラか仲間か知らないが、同じように他にも女の客がいるから安心ですよと見せかけられ、まずは貴女からということで身体を好き放題弄られ、男の欲望の捌け口になり、高い料金を払った挙句逆に男を自分の口とマ○コで射精させてやって、いい気持ちにさせてやった。そしてイカせてやれなかった口実に『貴女は常にイッてるんですよ』と。

俺は寝取られた悔しさとかの感情は一切なく、なんていうかこの女が哀れに思えてきた。

この頃俺は色んな女を撮影するたびに高額な料金をもらったり貢がられたり、金には困ってはいなかったが、明子は当初の約束どおりキッチリ毎月給料を払ってくれた。

だが、あとからだんだんとわかってきたが、この女はそんなに払えるほど現実は裕福ではなかった。

確かに重役の旦那と代官山に住み、一見セレブのようだが、実際のところ旦那の金は自由に使えず、ましてスクールのインストラクターといっても微々たるレッスン料しか入ってこない、美顔器や化粧品が売れてなんぼ、しかもその売上の殆どをピラミッド上層階の幹部連中に持っていかれ手元には僅かにしか残らない、まさに薄利多売の世界。

自分も早く上に登るため、実家に何千万も借金をして登り詰めた今の地位、だがそこが目一杯で、そこからはなかなか這い上がれない構図となっていることに気づかない女。

この頃になると、おかしな状況が明子やスクールの周りで漂いはじめていた。

スクールのホームページに誹謗中傷の投稿が増えはじめたのだ、前々からチラホラあると聞いてはいたが一気に増えた。

その中身は「このスクールは、詐欺集団だ」「ねずみ講で金を騙し取っている」「汚いおばちゃんの汚いレオタードなど見たくもない」「このスクールは詐欺です、皆さん引っかからないようにしましょう」「なんの効果もない安い中国製の美顔器を何十倍も吹っかけて売りつけています」などなど。

更にはホームページだけではなく、生徒さん個人のブログとか2チャンネルとかに他のインストラクターなど名指しで誹謗中傷が投稿された。なかには「この女はババアのくせに醜く汚いヌードを撮っています」といった内容もあった。

俺は今まで撮った女のヌードをSNSなどに載せたことは一度もなかったので、一瞬「エッ?」となった。

これらの誹謗中傷が問題となり、いろんなところへ被害が波及した、生徒さんも急激に減り、売上もガタ減り、新規にスクールを開設しようとしていた札幌や山梨の話も頓挫した。

これにカリスマ校長は激怒し、必ず犯人を見つける、金がいくらかかろうが大弁護団を結成してでも見つけ出し、キッチリ責任をとって損害を賠償してもらうと息巻いていた。

実際今までも、この手の投稿者が何人かいて裁判沙汰になったこともあるらしい。

明子もヌードって自分のことじゃないかって疑心暗鬼になり、俺に「載せてないよね」とか「誰なのか心当たりない?」って訊いてきた。今まで俺が撮った陽子や絢子やその他大勢の女も俺に対して疑心暗鬼になっていることだろう……まったく、いい迷惑だ。

そんなことがあってから明子からの給料が遅れはじめた。そのうち明子がポツリと呟いた。「もう仁史に払えるお金がない」と。更に今までは家にある貴金属を質に入れてお金を工面していたが、もうそれも底を突いたと言った。

「お前が俺を雇ってくれると言ったからサラリーマンを辞めたんだぜ」

「ゴメンナサイ、実家からも多額の借金をしているので借りられないし」

「じゃあ、もうお前とも、スクールとも終わりだな」

「待って、なんとかする。なんでもするから、私から離れないで」と泣きながら言う明子。

「なんとかするって、どうにもならないだろう」

「考えてたんだけど……風俗行こうかなって……」

あっけにとられた俺は「エッ?」としか言えず、呆れて「オイオイ冗談はよせよ、おばちゃんが行けるわけないだろ」と言うと、明子が「ムリかな~働けるところないかな~」と言うので考えてみた。ヘルスは若い子じゃないと絶対ムリ、でもソープなら、なかには「人妻専門」「熟女専門」という店を何件か知っているし、一回くらい行ったことがあった。

俺は酷い男だが、そこまで極悪非道ではない。

どうせこの女は、俺を引き止めたいがため、今は勢いで言っている。本気で考えているわけがないと思っていた。

しかし次に会った時に「私、本気だからお店探しといて」と言われた。

その真剣な顔に「こいつマジか〜」と思いつつ条件を訊いてみると、「東京じゃなく近県で、自分の好きな曜日と時間で働けるところ」という。

俺は一回だけ行ったことのある川崎の店にアポイントメントをとって、店の前まで明子を乗せていった。

送っていく車中で何回も説得というか現状を教えてやった、どんなジジイが来るかキモイ男が来るかわからないんだぜ、そんな汚い男のチンポしゃぶれるのか、と。

明子は「やるだけやってダメなら辞めればいいんでしょう」と言っている。

それを聞いて「女を風呂に沈める男」——昔映画でよくあった、まるでヒモやジゴロの世界だなと思った。俺のために身体まで売ろうとする気持ちに動かされつつも、俺が出会った頃のセレブな奥さんでいてくれよという、半々の複雑な気持ちだった。

面接は二、三時間要した。実技試験を受けているのだろう。結果は一発でOKとなり、翌週から働きはじめた。

考えてみたら、明子にとっても案外合っているかもと思った。

イカせてもらったことがない女でも、この世界でいろんな男と出会い、いろんなSEX、そのなかで明子をイカせてくれる男に巡り会えるかも知れない。

案外明子にとっては適材適所なのかも知れないなと俺は思った。

俺は結局明子の初任給をもらうこともなく別れた。

病気も怖いし、ジジイや汚い男、不特定多数の男のペニスをしゃぶる女を抱けるわけがない。

俺が「Jekyll」でいられる時間

俺のSNSにコメントが入った。

「真玉海岸の夕景、綺麗ですね」「私もこんな風に撮ってみたいです」

その女性はカメラが趣味の大分に住む、すみれという三十五歳の主婦だった。

小学校四年生の男の子のママで、そこら辺によくいる、趣味や新しいことにチャレンジし、いつかは起業したいと思っているママさんって感じで、ブログの中でママ友連中とネイルやエクステ、料理や雑貨などの写真といった、何かをはじめたいとみんなでワイワイガヤガヤやっていた。

グイグイ前に出てみんなを引っ張っているリーダー的なママ友の後ろで、裏方的な控えめな女性の印象を受けた。

俺のことを「師匠」と呼び、写真の撮り方や編集のやり方など、やりとりがはじまった。

この子と接していると「金儲け」や「女の嫉妬や妬み」や「足の引っ張り合いの業界」といったものとは無縁の日常に「やすらぎ」を覚えるようになった。

ある時もっと上手に写真が撮れるようになりたいので、教えてくださいということで、大分の大辻公園に紫陽花を撮りに行こうと話がまとまった。

初めて見るすみれは、ＳＮＳで見ていた通りの若くて可愛らしく、背丈は中肉中背で物静かで控えめな感じが伝わってきた。

休日だったので「子供は大丈夫なの？」と訊くと「おばあちゃんに預けてきたから大丈夫」と答えた。

公園は思ったより人出も少なく、小雨が降るなか二人で傘を差し、紫陽花の咲く小道を、写真を撮りながら歩いていた。

俺は用意した小瓶の中からカタツムリを取り出すと、紫陽花の濡れた葉の上に這わせた。

これを見たすみれは「うわ〜、すごい、さすが師匠〜」と言い、何枚もシャッターを切っていた。

俺は「これはヤラセじゃなく、演出だよ」と言うと「プッ」と笑っていた。

「あ〜、なんて落ち着くんだ。まったりと時が過ぎてゆき、癒されていく」

こんな幸せそうな人妻との逢瀬。精神的な満足感に、俺のこころの中のグラスが満たされていくのがわかる。

忘れかけていたこの気持ち、「時間よとまれ」って思った。

撮り終えて時間もあったので、海の方へ出てみようかとなり車を走らせた。

俺は頭の中で、次の撮影ポイントをいくつか絞りはじめていた。

お昼も回っていたので、「おなかすいたね、何か食べようか」と尋ねると「うん」と答えたので、俺はどの店に入ろうか迷っていた。

するとすみれが、「ねぇ、コンビニで何か買って、ホテルで食べない？」と唐突に言う。

ビックリした俺が「エッ」と言って見ると、すみれは赤い顔をして俯いていた。

更に「覚悟はできている」と言葉を発した。

俺は想像も微かな期待もまったくしていなかった。

この子と会おうと約束してから今日まで、そんなこと一ミリも頭になかったし、この奥さんに対し不埒な思いはまったくなかった。

俺は普通のカメラデートを純粋に今日一日楽しみたいと思っていただけだった。

車内で旦那のことなどいろいろ訊いた。

旦那は名の知れた会社の技術職で、けっこう頻繁に出張や海外赴任があることや、最近新築の一戸建てを建てたことなど。更に突っ込んで夜の営みなど訊くと、大体月に二回程度、正常位しかヤッたことがなく、最初からゴムをつけると十分くらいで終わると。

結婚してから浮気をしたこともなく、夫婦の営みってこんなものと思っていたら、ママ友たちに「それって、ちょっと異常だよ」と笑われたという。

俺はそれを聞いて、なるほど夫婦生活がマンネリ化して新しい刺激が欲しいわけじゃないのだと知った。

優しくて真面目で、家族のために一生懸命働く夫。

可愛い子供と一戸建ての新居、夫や子供を愛し、何不自由なく幸せな毎日。

だが、何かが物足りない、なんだろうと思うなかで「それ異常だよ」と笑われた性生活。

他の夫婦はどうなの？

他の夫婦のＳＥＸってどんなの？　と日々募るモヤモヤ感。

試してみたいが、そんな勇気はない。

そんなときSNSを通じて知り合った男。

数十回に及ぶ言葉のやりとりだけで親近感が芽生え、気持ちはぐっと近づく。

その日以来彼のことで頭がいっぱいとなり、だんだんと妄想が膨らみ、忘れられぬ存在となっていき、逢ったこともないのに恋をする。

「きっと、こんな素敵な人だろう」と。

寝ても覚めてもその人のことが気になり、いつしか逢いたい気持ちが募る。

そして「一線を越えても構わない」と覚悟が決まる。

まさにすみれも、そういうところだろうと思った。

コンビニで弁当を買って、海沿いにあるラブホテルへ入った。

まるで前作に登場した十八歳の新入社員の志保や、新婚ホヤホヤの千夏の時のように、あれもヤッたことがない、これもヤッたことがないというすみれをじっくりと調教し、俺色に染めてやろうと思った。

フェラもしたことがないというこの奥さんの口の処女を俺が最初に奪い、舐められたこともないという、この奥さんの初モノのヴァギナをじっくり舐め上げた。まるで濡れた紫陽花の葉の上をカタツムリが軌跡を残しながら這うように舐め上げると、奥さんのヴァギナから止め処もなく甘い蜜が溢れてきた。

「旦那の倍はあるよ～」と、俺の巨根に驚愕している。

そして「ゴム付けないでするのは子作りの時以来」というすみれに、「中に出さないから安心して」と言い、グイグイと膣壁を押し広げながら、今まで誰も到達したことのない領域の超敏感な細胞壁にこびりついた三十五年分のアカを、俺の生《ナマ》カリというヘラでこそぎ取ると、すみれはもんどり打ってのた打ち回り、「すご～い、こんなの初めて～、ちょっとこわ～い」と言い、ヨダレを垂らしながら白目を剥いている。

腰から下がブルブルっと痙攣のように震え、「自分の脚じゃないみた～い。ちょっとまって～ちょっとまって～」と訴えている。

いったん抜くと、まるで浜辺に打ち上げられた魚のように下半身がビクビクっと痙攣し、震え続けている。

「震えがとまらな～い、とまんな～い」

初めてのバックや騎乗位に対する反応が新鮮で、俺の脳髄はさっきからヨダレとガマン汁をダクダク垂れ流している。

ちょっと最初から激し過ぎたかなと思い、なるべくソフトに優しく抱いてやりながら、

（ああ、なんていい女なんだ、なんて美味しいんだ、この素人の人妻の身体、子供を産んで吸い取られたおっぱい、日ごろの幸せに油断してちょっと弛んだお腹と安産型の形のいい尻、そして初めての浮気、最高だ〜）と思った。

この生活感溢れる人妻のカラダに、俺の中のＨｙｄｅは「たまんねぇ、大好物だ〜」と悶えながらヨダレを垂れ流していた。

騎乗位で俺の上で悶絶している人妻に「どうだい？　男の上は最高か？」と訊くと、

「きもちいい〜こんなのはじめて〜」と悶えている。

「今日帰ったら、旦那ちゃんと同じことするんだよ」

「今日から三日間出張なの」

「じゃあ今夜、すみれの家でヤロウよ」

「バカぁ〜」

この世に神様なんていない

すみれとは三年以上この関係が続いた。

しばらくして旦那は三年の予定でアメリカへ単身赴任となり、年に数回帰国していた。

この頃になると俺はすみれの家に行くようになっていた。子供が寝つく時間帯を見計らって、福岡からさほど離れていないすみれの家まで、しょっちゅう車を走らせた。

俺は千夏の時のように、この奥さんの手料理を味わい、まだ新しくピカピカの風呂に一緒に入り、奥さんの歯ブラシで歯を磨き、二階の夫婦の寝室のベッドで激しく愛し合った。

時には泊まって翌朝目覚めると、子供が学校に行くまで息を殺し、出掛けたら朝から何時間もハメ合った。

台所や居間のソファーや和室など、あらゆる所でハメ合った。まるで千夏との思い出をプレイバックするかの如く。

すみれはだんだんと俺色に染まっていき、俺好みの女へと変貌していった。

俺にヴァギナを舐められながら「どうしたい？」と訊かれると「仁史のペニスを舐めたい、アナタのペニスを舐めさせて〜」と、旦那には決して一生言うことのない淫らな言葉が自然と出るようになっていった。

そして抱かれるたびに「私を嫌いにならないでね」と言う。

週一くらいのペースでカメラを提げ、近くの海岸やいろんな所へ散歩に二人で出かけた。

たまには子供を母親へ預け、北海道や京都にも泊まりで出かけた。

同じ趣味をもつ同じ価値観の女と身も心も通じ合える喜び、これ以上何もいらない。

「あ～ジキルのこころの中のグラスが満ち溢れている～」。

すみれは見る見る写真の腕を上げ、ブログに載せている写真も目に見えて上達していった。ママ友から「どうしたの？　誰かに教えてもらっているの？」とよく訊かれるという。

家の和室に大きな箪笥のようなものがあった。あまり気にも留めなかったが、ある日のドライブ中に何かの宗教に入っているという話になり、あの箪笥みたいなものは仏壇か何かだと知った。よく耳にする有名な宗教で、神様とか仏様じゃなく、自分の中の○×△と言っていたが、俺にはチンプンカンプンだった。

だが、それを聞いて、昔つきあっていた女が確か同じ宗教に入っていたな、と思い出した。俺が二十一歳の時に寝取って孕ませてしまった三つ上の佳奈美。

その彼氏だった清水先輩も同じ宗教に入っていた。寮にいるとき廊下まで響き渡る声で、

「なんみょう……」だか「ナムアミダブツ」だが忘れたが、一生懸命毎日唱えていた。

それに触発された奴が他にも何人かいた。

だが俺はそんな宗教なんか一切信じない。何があろうと。

当時三つ上の清水先輩より出世していた俺は、何かと先輩に頼られ、昇給のための論文の書き方や面接の受け答えなどアドバイスしていた。それは先輩の彼女だった佳奈美を孕ませてしまったという後ろめたさがあったからかもしれない。

先輩は確か三十前で結婚した。

相手は佳奈美とは正反対の、おとなしく物静かな女性だった。間もなく子供も次々と産まれ、年子の男の子が三人もいる、とても幸せな家庭を築いていた。

ところがある日、一番下の三歳の男の子が三輪車で家から飛び出して車に轢かれて亡くなってしまった。

先輩は「一番可愛いのを持っていかれた」と嘆き落ち込んでいた。

俺も強いショックを受け、神を呪った。

あの子になんの罪があるんだ？　あの子が何をしたというんだ？　清水先輩がなんの罪を犯したというんだ？　誰よりも、誰よりも信仰心があり、毎日、毎日拝んでいたのに。

「この世に神様なんていない」そう思った。

俺はそのことをすみれに話し、「悪いけどそういうのは一切信じていない」と言った。
ちょっと重苦しい空気になったので、その話はやめた。
それから一年くらいして、すみれの子供が病気になってしまった。
小児性〇〇という、ちょっと重い病気だった。
治療に長い時間を要し、金銭的にもかなり負担がかかる。
すみれたちの実家からも金銭的な援助を受け、家は手放さなくて済んだ。
旦那も出張の多い部署から異動させてもらい、夫婦で懸命にサポートしていた。

それは俺の「癒しの時間」が終わることを意味していた。

子供が入院してからも三回すみれと愛し合ったが、前のようにはいかなかった。
すみれの思いつめた心情が伝わってきた。

もしかしたらすみれは、こう思っているのだろうか。

子供がこんなことになったのは私のせい。

私が夫を裏切り、家庭を裏切り、不倫へと走ったから。

——だから、神様が罰を与えた。

そして、これからの私の一生をかけて償う、子供のため夫のためだけに尽くす……

——これが私の贖罪。

俺は自分の宝物を失い、心にポッカリと穴が開いてしまったが、すみれの心情を思うと成す術がなかった。

俺とすみれのことをよく知っていて、唯一信頼している共通のママ友から、「しばらく、そっとしてあげて」と言われた。

俺は自ら連絡を絶つことにした。

あれから十年……俺は今でもすみれのことを、こころの底から愛している。

旦那の上司に抱かれる妻

俺のSNSには毎日のようにいろんなコメントやメッセージが入る。

四十前後のアラフォーが多く、その内容は「写真が素敵ですね」「いつか撮ってほしいです」「癒されました、フォローさせてください」といったものが殆どだった。

「鎌倉で撮ってもらえませんか?」と来たのは淳子という、千葉に住み、幼稚園に通う子供を持つ三十七歳の女性だった。

SNSに子供とヒーローごっこをしている写真などを載せている、若くて活発そうな、とても可愛いママさんだった。

この頃はまだスクールの撮影で頻繁に東京に出張していたので、事前に会って打ち合わせをすることにした。

ちょうどクリスマスシーズンだったので、ついでに横浜みなとみらいや山下公園、マリンタワー、赤レンガのスケートリンクなどで子供と楽しそうに遊ぶ姿を撮ってあげた。

淳子はこの若さで未亡人だった。

千葉の有名な高級ホテルに仲居として勤めていた頃に同僚の旦那と知り合い、妊娠を機に結婚して退職した。

もともと病弱だった旦那は子供の顔を見ることもなく亡くなった。

それ以来五年間、女手ひとつでこの子を育てていた。

今までどれだけ辛い経験をしてきたことだろう。だが、今、目の前にいる彼女はいつもケラケラと笑いが絶えず、子供も明るく活発に育っていた。

だが俺は、辛い時も顔には一切出さず、「キッ」と前を向いて歩いていく気丈な母親の一面を彼女から見ていた。

年も明けて一週間ほど過ぎた頃、約束通りに鎌倉で撮影をした。

仲居さんをやっていただけあって、彼女は着物姿もサマになっていた。

子供を膝の上にのせて江ノ電のシートに座る姿、子供の手を取り、鶴岡八幡宮の長い急な階段を、息を切らしながら上る姿、おみくじを引き、運に一喜一憂する姿、しゃがみ込んで子供と同じ目線で語りかけている母の姿。

それはまさに、さだまさしの「無縁坂」の世界だった。

神殿に向かって手を合わせる、その白魚のように白くて小さな「母の手」は、あっという間に息子の手より小さくなっていくんだろうなと思いながら、その一瞬の「一期一会」を俺はカメラのフレームで切り取っていた。

鎌倉高校前駅まで江ノ電で移動し、目の前の砂浜で夕日の中、江の島をバックに撮ってあげた。

履物と足袋を脱いだ淳子は着物の裾を膝までたくし上げ、波打ち際で子供とじゃれている。

「海と着物」……すごくいい。

あ〜癒される、それはまるですみれとカメラ散歩している時みたいに、こころが満たされる時間だった。

ランチをしている時、子供の好きな食べ物を訊いた。

「オムライスとお好み焼き」

「おじちゃん、お好み焼き作るの得意なんだよ。今日おうちへ行って作ってあげようか」

「もう、何言ってんのよ〜」と淳子が笑って睨み返した。

そんなこともあってか、日も落ちかけて撮影も終わった時に淳子が、「吉岡さん、宿取ってないなら私んちの近くに安くていいホテルあるよ、そこにすれば？」と言い、子供に向かって「こう君、お好み焼き食べたい？」と問いかけると「うん」ってニコニコしながら子供が答えた。

電車で淳子が住む街へ向かった。

駅前のスーパーで食材を買い込んだ俺は、併設されている薬局へ入り店員に訊いた。

「兄ちゃん超・極極に薄いゴムはある？」

「これがお勧めです」と言って店員の兄ちゃんが差し出した。

「これが一番薄いの？」

「これはいいっすよ〜、僕はいつもこれです」

後ろから殺気を感じた俺が振り返ると、淳子が俺を睨んでいた。

俺と兄ちゃんは笑うしかなかった。

家まで歩く途中「もうやだ〜、あの薬局でちょくちょく買い物するんだよ〜、明日からどんな顔してりゃ〜いいの〜」と怒られた。

淳子の家は駅から程近い、高層マンションの十二階にあった。

まだ真新しいそのマンションの３ＬＤＫの和室の小さな仏壇に収まっている旦那の遺影は、若いけど確かに病弱そうな顔をしていた。

部屋には余計なものはなく、スッキリと綺麗に整頓されていた。

「旦那が残してくれたものは、子供とこのマンション」と淳子が言った。

俺は早速お好み焼きを作ってあげた。

「おいしい～」と言いながら食べている二人の様子を見て、「このお好み焼きには全部で十種類の具が入っているんだ、マズイわけがない」と自慢した。

俺の中のＨｙｄｅが「この未亡人の具はおいしいかな～」と言う。

「今日はもうこっちの部屋に泊まっていってもいいよ、私はあっちで子供と寝るから」という淳子に「ありがとう」と言いながら、遺影の旦那に「ゴチになります」と心の中で呟いた。

子供と一緒に風呂に入った。

昔に戻ったような懐かしい感覚。

「チンチンを洗う時はちゃんと皮を剥いて洗うんだよ～」と言いながら洗ってやっていると、ドアの外で聞いていた淳子が、あとから「やっぱり父親って必要だね、チンチンの皮を剥いて洗うなんて、母親には思いもしないことだから」と感心していた。

子供も寝静まったので、俺と淳子はソファーに座ってビールを飲んだ。俺はカメラを取り出すと、淳子のパジャマと下着を一枚一枚脱がしながら撮っていった。

淳子は三十七歳とまだまだ若く、スタイル抜群で、服や着物の上からは想像できないほどいいカラダをしていた。

おっぱいはDカップくらいでハリがあり、ピンク色をした乳首がツンと上を向いていた。針で刺せばプチッと中のゼリーが飛び出すほど弾力があり、綺麗な胸をしていた。

キュッと締まったウエストと形のいいお尻。

こんなナイスバディは、モデルでもなかなかお目にかかれない。

一通りヌードを撮って出来栄えに満足した俺は、淳子をソファーに寝かせるとヴァギナを舐め、この未亡人の溢れる蜜を思う存分啜った。

俺の大好きな甘い蜜の味が、さっきから頭をクラクラと覚醒させ、淳子は頬を赤く染めて悶絶しながら喘いでいる。

俺のマリンタワーに驚愕し、口に含みながら「すご～い、すごく大きい～」と言いながら嬉しそうにしゃぶりはじめた。

俺は「さっき薬局でしたように俺を睨みながらしゃぶって」と言ってしゃぶらせた。

ああ、最高だ、この初顔最高だ……新しい刺激にガマン汁がダクダクと溢れ、それを淳子が睨みながら舐めている。

暫く自慰行為のオカズにできると思った俺は、この顔をしっかりと目に焼き付けた。

俺は血管を浮かべギンギンにソソリ立っているタワーを淳子のヴァギナへあてがい、「食べていいの？」と訊いた。

淳子は「いいよ、食べていいよ～」と赤い顔をして、さっきまでの恥じらいはどこへいったのかというくらいに「早く、はやくきて～」と、なんとも言えないエロチックな目をしている。

「あとでゴム着けるね」と言い、ズブズブぅ～っと俺のタワーが淳子の中へ入っていく。

若くて弾力があり、波打つ膣ヒダが俺のペニスをキュッキュッと締め上げ、カリを刺激する。最高だ～この締まり具合と、この初めて挿入される瞬間の淳子の恥じらいと戸惑いとワクワク感が交差するエロ顔、重なりながらとろけてしまいそうだった。

淳子はその瞬間「すご～い、おっきい～、きもちいい～」と悶絶し、更に深く挿入すると「奥にあたってるわ～、イタイ、ちょっとイタイわ～、でも奥が奥が気持ちいい～、こんなのはじめて～」と白目を剥き、ヨダレを垂らして喘いでいる。

「淳子、昼間撮っている時、これが欲しかったか？」

「うん、欲しかった～、これが欲しかった～」

「ヤリたかったか？」

「うん、ヤリたかった～、仁史とヤリたかった～」

「俺のお好み焼きよりこれが食べたかったんだろ」

「そうよ、あなたのこれが食べたかったの～」と悶えながら言う。

未亡人になって五年。その間ＳＥＸする相手がいたのかいなかったのかわからないが、もしいなかったら「宝の持ち腐れだな」と思いながら、今夜はこのカラダをじっくりとオールナイトで楽しもうと、騎乗位やバックでハメながら思った。

淳子が和室に敷いてくれた布団へ移動し、いつものようにヤリながら、この女のリアルな性に関する経験や生き様を聞き、この女の口から出る言霊をバイアグラにすると俺のタワーは更なる変化を成し、横浜のマリンタワーから、このマンションから見えるスカイツリーへとグレードアップした。

途中で小休止を挟みながらダラダラとハメ合い、淳子の誰にも言えない秘密の性癖を探っていった。

旦那が亡くなって一人不安に苛まれていた頃、旦那の元上司がいろいろ助けてくれたと。

その人は旦那の直属の上司の部長さんで結婚の仲人でもあると。

一人で生きていくには、まず車の免許を取りなさいと言われて取ったと。

運転の練習も長いことつきあってくれたと。

今仕事を見つけ、生活できるのはその人のおかげだという。

旦那が亡くなった頃は三十二歳くらい。女の盛りも盛り、欲求が溜まらないわけがなく、毎晩一人で寝ていて男の温もりが欲しくなれば、カラダが疼かないわけがない、ある日、とうとう我慢できず、その旦那の元上司にお願いした。

「私を抱いてほしい」と。

それを聞いた上司は淳子の苦悩と心情を察して、「わかった。でもあくまでも淳子さんの心と身体のバランスを保つためだよ、その代わり淳子さんにいい人ができるまでだよ」と言って、そういう関係になったと。

俺はそれを聞いて、ゾックゾクした。

旦那を亡くして途方にくれ、この先の生活や金銭的な心配があり、必死に子供を育てるなかで他の男との出会いを求める余裕もない。

そんな時、傍にいてサポートしてくれる頼れる存在が現れた。年齢差があることや妻帯者であることなど、そうした立場的な違いは関係なかった。最初は感謝の気持ちだったのが、そのうち傍にいてほしい大切な男性となり、そして生きていくための心のサポート（支え）をしてもらっているうちに、体のサポート（女の欲求）もなんとかしてほしいという気持ちが日々悶々と募っていったのだろう。

なんだかわかる気がする。

俺はこの小説よりリアルなナマの物語に、さっきからガマン汁がダラダラと溢れていた。

そして、最近は新しい彼氏ができて、約束通りその上司とは別れたと言う。

その新しい彼氏の話を聞いて俺は、「オイオイ、それって彼氏って言えるのか〜」って思った。

今でも続いているというその彼氏は、ＳＮＳで知り合った札幌に住む画家だという。

画家といってもちょっとエロい絵を描く人で、その人とやりとりをするうちに「魔法」にかかってしまったらしい。

三ヶ月くらい経ってから会いたくなって、自分の「理想像」を胸に抱えてイソイソと子供を連れて札幌まで会いに行ったらしい。

泊まったホテルのラウンジで初めて会ったというその男について「どんなだった？」と訊くと、「歳は六十をとうに過ぎていて、白髪頭の、どっちかというとおじいちゃんだった」という。

あまりにもギャップが大き過ぎるアンナチュラルな出会いに、俺はビックリして「え～っ！」と声を上げた。

理想とは乖離し過ぎて、普通なら絶対自分のアホさ加減に自己嫌悪になり、せいぜいお茶して終わりとか、なかったことにするだろうと思い、現実ってそんなもんだよって思った。だが待てよ、「それがなんで彼氏なんだ？」って訊いたら、信じられないことを言った。

ラウンジで少し話をしてから、自分の部屋へ行き、ベッドは子供が寝ているので、掛け布団を床に敷いて、その上で二人全裸で愛し合った、と。

俺は「え～っ」を飛び越えて「ギョェ～っ」って叫んだ。

自分の胸にワクワクを抱え、一線を越えても構わないと覚悟を決め、わざわざ飛行機に飛び乗り逢いに行った男。

いざ逢ってみたら、見た目は自分の描いていた理想とはかけ離れた、二十以上歳の離れた初老の男、ギャップというより、ジェネレーションギャップに近い。

だがネットという仮想空間の中での数ヶ月に及ぶやりとりに、優しそうな人、自分と価値観が合いそうな人と思い込み、また女の欲求を今は代打に処理してもらっているが、一刻も早くちゃんとした恋人を見つけたいという焦り、そういう相乗効果もあって、この女の脳髄と子宮にヨダレを溢れさせた。

そして「魔法」にかかっているので、そんなギャップはどうでもよくなっていた。

そんなところだろう。ある意味この彼氏は、最高のタイミングでこの女の心の隙間に入り込んだ、とてもラッキーな男なのかも知れないと思った。

この男は「女房とうまくいっていない」と洩らしていたらしい。よくある常套手段だ。

こないだ初めて彼が札幌から千葉に来たらしい。そしてあまり逢えない寂しさを晴らすように何回もSEXをしたと。

更に中出しされたので、「もし子供ができたら奥さんと別れてもらうから」と言ったら焦っていたと。

また普段会えないので、時々PCのリモートでオナニーを見せ合って欲求を解消していると、頬を赤く染めて恥ずかしそうに言う。

俺はこの女の口から出たこれらのリアルな淫語から仮面の裏側を知った。その刺激の強さは俺の中のＨｙｄｅにヨダレを溢れさせるには十分な材料だった。

俺が見たこともない旦那の上司は仲人となり、部下である二人の見届け人となった。

旦那の葬儀で見た若き未亡人から醸し出されるエロチシズムと、その喪服から滴る露を啜ってみたいと願う上司。

男同士、その上下関係の友情から、友（ＹＯＵ）が亡くなり、情が残る。

その情がやがて、すがる愛情に変わるその時を、じっと息を殺して待つ。

そして「抱いて」と言われた時、「こころと身体のバランスを保つため」と体裁を繕い、自分の下心を伏せる。

そんな偽善者面した上司や、終活をそろそろ準備しなければという初老の男が抱いた、「三十代ピチピチの女を抱けるかも」という微かな期待。

そのためには「女房とうまくいっていない」と同情心を煽る。

この女を抱きながらこう思ったことだろう。こんないい女を抱けるとは、きっとこれが俺の人生最後の最後、最高のいい思いなんだろう、と。

そんなことを考え、ある意味ジェラシーとそれぞれの男が味わったうま味、このリアルな体験に俺の極太のバズーカが淳子の中で更なる暴れん坊（棒）将軍となり、制御の利かない暴れ馬のように暴走している。

淳子は時々白目を剥かんばかりに顔を引き攣らせ、マンションの鉄筋も貫くような喘ぎ声を上げていた。

ヨダレを垂らしながら、「イキそうだよ、ヒトシ～、イッていい～？　イッてもいい～？」と聞いた瞬間、「イッく～～ぅ」と言うのと同時に背中をエビのように大きく反らし、全身を硬直させながらガクガクっと落ちて、スカイツリーの階段を一気に駆け上がっていった。

イキそうになった俺もゴムを装着した。淳子は恍惚の表情で俺の目をじっと見て、まるで「私の中で射精する瞬間のアナタのイキ顔を私に見せて」と言わんばかりに、その瞬間を見逃さないように目で追っている。

そんな目でイカされた俺は「ウッゥ～～」と声を出し、兄ちゃんお勧めの「超・極極に薄いゴム」の中で果てた。

俺にとって忘れられない女、忘れられないＳＥＸとなった。

その後淳子とは東京に出張した際に三回ハメ合ったが、まだ彼氏とは続いていた。

俺のことを彼氏に話していた淳子は、彼氏から「僕に会えなくて寂しい時は、そのカメラマンに慰めてもらえばいいよ」と言っていたらしい。

それを聞いた俺が「それはお気遣いどうも、遠慮なくいただいてますから」と言い、更に「どうせ俺は初老爺さんの代打だもんな」と言うと、淳子は俺をギュっと抱きしめキスしながら「ヒトシ、大好きよ」と言った。

五回目に逢おうと久しぶりに淳子に連絡したら、な・な・なんと！　どこで知り合ったのか知らないが、埼玉の農家のボンボンと再婚していた。


淳子は赤いリンゴではなく、白いカブで魔法が解けていた。


あれから十年。今は四十七歳かぁ~と思っていたら、こないだ久しぶりに連絡が来た。

「久しぶりに会おうか」と言うと「お茶だけならいいよ」と。

お茶だけで済まないのは、お互いわかっているはず。

子供ももう高校生だという。サッカーをしている大きくなったコウスケの写真を見せてもらった。チンチンの皮を剥いて洗ってやったことなど覚えてないか～と思った。

俺は、せっかく魔法が解けたので、そっとしておこうと思った。

俺のチンポに何を塗りたくった？

ＳＮＳにひとつのコメントが入った。

「東京の夜景がとても綺麗ですね、冷たい都会の雰囲気が好きです」

彼女のＳＮＳを覗いてみると、雪の中のお祭りの写真などを載せており、そのなかで自分も親子（？）で小さく写っていた。防寒着だからか太って見え、フードをスッポリと被っている姿から、どこか北国の五十代くらいのおばちゃんかなって思っていた。

彼女のブログの中の一枚の写真が俺の目に留まった。それはどこかの湖の上に架かる木造のアーチ型をした橋が三連で繋がった橋で「おお～っ。すっげ～」と思った。

どことなく山口県の錦帯橋に似てはいたが、あっちは川の上だし、土台の石垣もないしどこだろうって思った。

「素敵なところですね、ここはどこですか？」とコメントで訊いてみると、「津軽地方にある鶴の舞橋です」とすぐに返事があった。

のちに吉永小百合のＣＭで有名になったが、当時はそれほど知名度がなく、その写真を見て俺も行って撮ってみたいと思った。

そのおばちゃんもカメラが趣味らしく、安い一眼レフを持っていた。

そのうち俺がネットで写真を売っていることを知り、何枚も買ってくれた。

特に東京や横浜の夜景が好きだという。

だんだん親しくなると、メールでやりとりするようになった。

おばちゃんだけど写真をいっぱい買ってくれるので、いいお客さんだと思っていた。

少しずつ知り合ううち、住んでいる所や家庭のことまで踏み込んで話すようになった。

彼女は青森の弘前に住む大久保久美子という主婦で、年齢を訊いても「言いたくない」と教えてくれなかったが、中学生の娘が一人いて、旦那さんは医療関係の会社の社長で、自分は副社長という。まぁネットは虚飾の世界なので話半分に聞いていた。

ほぼ毎日メールでやりとりするようになり、俺は「写メを送って」と頼んだ。

送られてきた写真を見て「えっ、ホント？」って思った。

五十代のおばちゃんかと思っていたら、歳の頃は四十そこそこの若くて美しい女性で、東京青山のカフェ辺りで、モフモフした真っ白な犬を抱っこしてお茶しているマダムのような、垢抜けた女性が写っていた。

顔にシワやたるみなど一切ない色白の東北美人だったので驚いた。

旦那はアマチュア野球のピッチャーで、この付近ではちょっとした有名人だと自慢している。

車はそれぞれベンツとアウディに乗っていて、犬はチワワとポメが何匹で、娘は中高一貫の青森では有名な学校に通っていると、またまた自慢していた。

田舎者と見られたくなくて見栄を張っているのか。どこまで本当だろうと思った。俺の東京や横浜の写真を好むところから見ると、東北の小さくて窮屈な田舎より大都会に憧れるプチセレブという感じに見えた。

そのうち俺に「私に対する気持ちをポエムにしてSNSに載せて」と言ってきた。

何を自惚れているんだか、この女。それとも既に俺の写真で「魔法」にかかったのかと思った。俺と関係がある多くの女が見ているSNSにそんなの載せられるわけがないので、当然断った。

ある日近々旦那の野球の試合があるので撮ってほしいと言われ、とりあえず交通費は十万振り込んで残りはこっちで払うからというので、美味しい仕事だなと思いOKした。

もう既に俺に入れ込んでいる雰囲気をヒシヒシと感じていたので面白くなり、「空港まで迎えに行くから」という久美子に「じゃあ、初めて会って五分以内にチューしようか」と言うと「いいわ」と返信してきた。

アブラカタブラ……完璧に効いているなと思った。

青森空港に降り立ち、初めて見る久美子はまさしく写真どおりで「ホッ」とした。

背丈は少し小ぶりで痩せていて、ニコニコ笑っているその顔は長い髪を後ろで束ね、卵のようにきめ細やかでツルッツルの肌をした、まさしく東北美人だった。

若い子が履くおへそが見えそうなローライズのジーンズに、聖子ちゃんファンクラブ限定のプレミアTシャツだというのを着て、周りのローカル的な雰囲気とは不釣り合いで完璧に浮いていた。

目の前の駐車場に停めてある、一千万はくだらないという最高グレードのアウディの助手席に乗った俺は、いきなり久美子の肩を引き寄せるとキスをした。

最初はソフトにそれから激しくと思っていた俺だったが、唇が触れる前から俺の口をこじ開けるような感じで舌を突っ込み、激しく絡ませてきたのでビックリした。

これが東北の挨拶かぁ～って思いながら、まだ新車の匂いがプンプンする高級車の中で殻から身を出しているホッキ貝のような女とディープキスをした。

最近、弘前にオープンしたばかりだというグランドホテルのWの部屋をとっているという。聖子ちゃんの音楽をガンガンかけた車内は聖子ちゃんのグッズだらけ、弘前だけど青山モドキのマダムとそのホテルへ向かった。

部屋に入ってシャワーを二人で浴びると、俺はベッドに横になった。久美子のカラダは小ぶりで、胸はAに近いBってとこか。尻も小さくてウエストのくびれもない、まるで小学生の女の子のようなカラダだった。

こんなカラダを以前にも見たことがある。銀座の有名なクラブのママで、普段は着物を着て髪を結い、整形だかヒアルロン酸だかリフトアップだか知らないが、久美子のようにシワひとつなく、卵のようにツルッツルの肌をしている。そんな女の豪華な着物をまるで卵の殻を剥くようにひっぺがすと、顔とは不釣り合いな貧相なカラダをしている……そんな女はよくいるが、まさしく久美子もそれに近いタイプの女だった。

あとから聞いた話だが、久美子もヒアルロン酸を注射しているらしい。しかも旦那と一緒に打っていると聞いて、「だよな。素のままでこんな女、普通いないよな」と思った。

俺が横になると久美子は足元から被さるような恰好で俺のペニスを掴み、いきなりしゃぶりはじめた。

飢えたハイエナのように激しくしゃぶりながら「すご～い」と言い、まるで肉巻き棒の肉汁を吸い尽くす勢いで「あ～おいしい～おいしい～」と、普段は俺から「おいしいか？」と訊くのに、この女は俺が訊ねる前にこの肉巻き棒の味の食レポをはじめやがった。

そして口から抜くとシゴキながら「ゴムあるの？」と訊く。

「ガキじゃあるまいし、漏らしたりしないよ」と言うと、ハンドバッグから瓶のようなものを出し、掌に垂らすとそれを突然俺のビンビンのペニスに満遍なく塗った。手に残った液を自分のヴァギナに塗り込み、いきなり俺の上に跨ると、片手でペニスを掴みながら、ヴァギナに当てがい、「アフゥ～」って言いながら腰を沈めた。

俺はこの予期せぬ一連の行動が素早過ぎて、目にも追いつかないような一瞬の出来事にビックリして、上半身を起こして叫んだ。

「俺のチンポに何を塗りたくった～」と。

久美子は「乳液だから大丈夫。あ～すご～い、あ～きもちいい～」と自分で腰を上下しながら喘いでいる。

この女は、顔は高価な乳液やパックなどで保湿して潤いのある肌をしているが、外見だけでなく内面からも綺麗になりたい、内側からコラーゲンのようなプルップルな潤いを注入して膣壁を潤したいと思ったか、あるいは俺のロング竿を見て、まるでグラスを洗うブラシのように洗剤、イヤ乳液をブラシに塗り付けてゴシゴシと、イヤ、グチョッ、グチョッと卑猥な音をさせヴァギナを洗っているのか。

俺の上に乗って五分もしないうちに、「あ～もうダメ～、イッちゃう～、イッちゃうよ～」って叫んでいる。

「オイオイ嘘だろ、まだ数分しか経ってないぜ」

「私はイキやすいの～、あ～お願いイカせて～イカせて～」

「もうちょっと楽しもうぜ」

「じゃあいいもん、自分でイッちゃうもん」と言うと更に腰を激しく動かし、上半身を起こしている俺の首に両手をまわして「イッくぅ～」と言い、口から乳液とヒアルロン酸とヨダレを垂らしながら果てた。

なかなかイカない女も疲れるが、こんなに早くイク女は初めてだ。

俺にもたれかかり首から下はビクッ、ビクッと痙攣させながら目を瞑り気を失ったかのようにピクリともしない。そのまま横に倒し寝かせると、身動きひとつせず、二、三分すると、「グッわぁ～」と声を出し、まるで死の淵から蘇ったような、溺れた女が人工呼吸で息を吹き返したかのようにいきなり生き返った。

毎回毎回、俺の周りの女は退屈しない、まったくいろいろ楽しませてくれるぜと、この時は思っていたが、この女がのちにあんな「騒動」を起こすとは、想像もしていなかった。

娘の横で脱ぎたてのパンティーを渡す母

その後、復活してSEXを再開した俺は「またイキそう～」って言うたびに、体位を変えたり抜いたりして、すぐにイカせないように努力した。

まるでオシロスコープで見る交流電圧の波形のように、上がったり下がったりのSEXを終えた頃、外は暗くなりはじめていた。

久美子はシャワーを浴びて服を着ると、「三十分くらいしたら迎えにくるのでホテルの前で待っていて」と言い残して出ていった。

迎えにきた車に乗り込むと、後部座席に女の子が座っていた。

娘の「あかね」だと紹介されたので、俺が「こんばんは」と言うと「こんばんは」と頬を赤くしてニコッと笑う顔がとても素直そうな可愛い子だった。

それにしてもこの女、三十分前まで俺とSEXをしていたのに、もう娘と引き合わせるのかと思った。

駅前の「飲んべぇ横ちょう」みたいな郷土料理屋で、せんべい汁や大間のマグロといった青森名物のご馳走を食べさせてもらった。

俺の中のHydeが「やっぱ地産地消はどれもこれも、うめぇ〜な〜ヒトシ」と言う。

夜は広いWベッドにひとりでゆっくりとぐっすり寝たので、旅の疲れやSEXの疲れも吹っ飛んでいた。

翌日は午後から旦那の試合の写真を撮ることになっていた。

朝食を済ませた九時頃、久美子が部屋に来た。そして服を脱ぎながら「しょうがないから家から持ってきたよ」と言ってコンドームを二つ出した。

俺は「漏らさないから必要ないって言ったろ?」と言いながら、朝からヤルつもりか〜って思った。

愛撫しながら「俺の言ったとおり、夕べは旦那とヤッたか?」と訊くと、試合の前夜祭で仲間内で飲むからと言って帰ってこなかったという。「それかたぶん女のところね。女にマンションを買い与えているって私は知ってるの」と俺のペニスをしゃぶりながら言う。

そのうち「ねぇ〜私のも舐めて〜」と言うので、「どこを?」って意地悪く訊く。

「アソコ」

「アソコじゃないだろ〜ベッチョって言うんだろ」

「なにそれ〜」

「昔同期で東北のヤツがベッチョって言ってたぞ」

「いわないわよ、普通にオマ◯コだよ〜」と。

この人妻の口から出る卑猥な言葉が最高にエロかった。

「オマ◯コ舐めて〜ねぇヒトシ〜オマ◯コ舐めて〜」「イカせて、オネガイ、イカせて」

「ヤダ〜、まだイキたくないの〜、だめ〜、まだたのしみたいの〜」「おねがい、もっと突いて、ソコソコそこがいいの〜、ソコでとまってて、奥でとまってて〜奥がいいの〜」

「やだ～こんな恰好でイッちゃうよ～ぉ～」と淫らで卑猥な言葉が部屋中を飛び交っていた。

外でランチを済ませてから球場へ向かった。

軽くキャッチボールをしている旦那を久美子が連れてきて、「いつも写真を買っているカメラマンの吉岡さん」と紹介された。

「今日はよろしくお願いします、久美子から写真は見せてもらっていますよ、すごい写真ばっかりで流石プロですね～」とお世辞を言う旦那は、なるほど久美子と一緒にヒアルロン酸を打っているだけあって、三十代後半といっても信じるくらい若く見えた。

どうせ愛人のためだろうけどねと思いながら、心の中のＨｙｄｅが旦那に語りかけた。

「旦那さん、アンタの奥さんはほんの一時間前まで俺の腕の中でヨガってたんですよ」って。

この旦那は医療関係の会社の社長さんで、大手製薬会社から委託を受けて東北の殆どの大病院と契約しており、黙っていても常に安定した売上がある、いわゆる右から左へ仕事を回すだけの濡れ手に粟の美味しい仕事をしていた。大手製薬会社の重役さんたちの裏口座への付け届けやお中元、お歳暮、たまに東北に来た際は、若いコンパニオンに朝まで濃厚接触させておけば食いっぱぐれることはないし、こうやって社用車でベンツやアウディにも乗れるし、愛人にマンションも買ってやれる。

旦那は親が代々会社を大きくしていったボンボンで、旦那は近いうちに社長を降りて久美子が社長になる予定だという。

試合の撮影もソツなく終わり、出来栄えをモニター画面で見せてやると、「うわっ、ピッチャーの投げたボールが手を離れた瞬間、その指先でとまったボールの縫い目ひとつひとつがハッキリと写っている～」と、みんなが感動していた。

久美子から撮影代として更に十万もらった。

二泊三日の予定で来た俺は、今夜もう一発、イヤ一泊して、明日は岩手県の遠野へ行ってみようと思っていた。

それを知った久美子は、「明日はあかねも学校休みだから三人で行かない？　旅費全部持つから」と言われて行くことにした。

岩手はあんまり道に慣れていないというので、電車で行くことになり、駅弁でも食べながら、のんびり行くことにした。

遠野に来てみたかった理由は、昔見たアラーキーが、藤田〇子のヌードを撮った場所を見てみたかったからだ。

資料館の古民家で竹馬に乗ったり、案山子とあかねを可愛く撮ったり、河童淵に行ってきゅうりを竿にぶら下げ河童釣りもした。

あかねも俺になついてくれて、自分の娘のように可愛かった。

一日たっぷり遠野を満喫して、帰りは東北本線で花巻まで行き、久美子たちは北へ、俺は新幹線で東京のスクールの撮影に向かうことになっていた。

花巻まで向かうローカル線は対面式の固定された座席で、乗客もまばらだった。今日一日はしゃぎすぎたあかねは俺の対面に座って、窓に頭をもたれてうつらうつらしている。もうじき花巻に着こうという時、久美子は俺の目をじっと見つめると、なんと、あかねを起こさないように自分のスカートに手を入れると腰を少し左右に上げ下げし、なんかモゾモゾしていたかと思ったら、膝まできた自分のパンティーを一気に足首まで下げると、片手で拾い上げた。それを掌に隠すと俺に握手をするみたいに渡した。

俺の掌の中でまだほんのり温もりを残す久美子の小さなパンティーが、クシュクシュと掌に収まっている。しょうがないのでそれを上着のポケットに入れた。

久美子は私と愛し合った何かの証を持って帰ってと言いたいのか、それとも次に会うまでこれをオカズに自分でして、変な女とはヤラないでと言いたいのだろうと思った。

花巻に着いて別れる際、俺の耳元で「しゃぶってほしくなったらいつでも来て」と囁いた。それを聞いた俺は「オイオイ、しゃぶらせてほしいのはアンタでしょ」と思った。

俺は北へ向かって走り出した電車に「春とはいえ、まだまだ夜は冷える。下の口で風邪引くなよ」って言いながら見送った。

別れてから、俺はこの母親が娘の横で脱いで渡した、ホッカホカの脱ぎたてのパンティーをホームのゴミ箱へ捨てた。

タダでさえガラが悪くてよく職質されるのに、こんなのを持っていたら完全に「アウト」でしょ。

2ちゃんねるがお好き?

この久美子とも三年以上続いた。

大した用事もないのに「とりあえず十万振り込んだのでいつでも来て」と……いわゆる出張ホストと同じだった。

一緒に泊まることはないが、定宿のグランドホテルや出先のラブホで何回もハメ合った。

ドライブで行った八戸の蕪島の防波堤の陰でウミネコに見られながら青姦したり、十和田湖奥入瀬渓流の綺麗な紅葉の中、林道へ入る道路に停めた車の中でハメ合ったりした。

「旦那より大きくて美味しい〜」と言いながらしゃぶっている顔があまりにも卑猥過ぎるのでスマホで撮って送ったら「ギョェ〜」って喜んでいた。

この頃になるとSEXの前後に根掘り葉掘り訊くようになった。

「ねぇ、マリリン（すみれのSNSのハンドルネーム）とは、いつヤッたの？　ねぇ、いつヤッたの？」とか、「ウルトラのハハ（淳子のハンドルネーム）とはいつヤッたの？」と。

「ヤルわけないだろ、みんな写真クラブの仲間だよ」と言っても「ウソ、ねぇいつヤッたの〜、よかった〜」としつこく訊く。

また、俺のいろんなSNSに来るコメントやフォローしてくれた相手のSNSもすべて細かくチェックして、俺がアップした写真と同じ場所の写真があると、「あの女と一緒に撮りに行ったんでしょう」と訊いた。

そればかりじゃなく、東京のスクールで写真を撮っていることを知っている久美子は、興味のないふりをしていろいろ訊いてくる。

俺は細かく話さないが、言葉の端々につい、ポロっと言ってしまうこともあった。

例えばどこの支部にこんな美人がいるとか、誰々に撮ってほしいと言われているとか。

でもその時は、久美子は他の女に対する嫉妬心を昂らせることで、SEXの興奮度を増しているのだと思っていた。

俺のことを隅々まで探るこの女がちょっと鬱陶しくなったのと、仕事関係の女とプライベートの写真仲間の女を一緒にしてほしくないと思った俺は、新しく開設したSNSの写真クラブの仲間内でワイワイやることにした。当然久美子には教えていなかった。

だが久美子はそれを探し当てて俺に新しいブログ名を言い、「なんで、こっちでコソコソやってんのよ～」と言ってきた。

俺はちょっとこの女が不気味に思えてきた。

そのうちすみれや仲間の女の子のブログに、変なコメントがされるようになった。

「白川郷って雪があるから絵になる、雪のない白川郷ってショボイね」とか「浜ノ浦の棚田って、ただの田んぼじゃん」とか、そのコメントしたブログへ飛ぶと、決まって「退会しました」と出る。

要するに誹謗中傷を書き込むために、わざわざ匿名でブログを開設し、書き込んだらすぐに退会するという卑劣な手段だった。

俺たちはコメントをもらっても承認制にしているので開示されることはないが、みんな気味悪がり、不愉快な気分にさせられた。

俺はピンときた……これは久美子の仕業だなと。

なぜなら、仲間みんなである場所へサクラを撮りに行ったときのこと。そこは仲間の一人が見つけてきた穴場も穴場、誰も知らない場所だったし、有名になって荒らされたくなかったのでみんな地名は伏せていた。

俺が青森に行った時、ベッドの中でいつ弘前城にサクラを撮りに行こうかと話すなかで「そういえばこないだこんな綺麗なサクラの場所を見つけたよ。そこは誰も知らない秘密の場所なんだ」とポロッと話したことがあった。

その誹謗中傷のコメントにはその地名もしっかり書いてあり、写真を酷評する内容だった、すぐに相手を見に行くと「退会」したあとだった。

俺は久美子だと確信した、更に重なるようにスクールで一気に増えた誹謗中傷の書き込み。

まさか……と思った。

俺は久美子にＬＩＮＥしてそのことを話し、そして問い質した。

「えっ、なんのこと？」と最初はとぼけていた。

「だれも知らない地名で、お前にしか言っていないんだぞ」

「だから、知らないって。なんで私なの？」

ラチがあかないのでカマをかけてみた。

「仲間内でＰＣに超詳しいヤツがいて、削除しようが復元できるらしい。俺は、今はまだ放っておこう、でもこれ以上エスカレートしたら、その時は突き止めようかと言って押さえているが、お前が違うと言うなら、ヤツに頼むしかないな」と言うと黙りこんだ……俺の疑念は確信へと変わった。

「ごめんなさい」と返事が来た。

そしてもう絶対しないからと言った。

突き止められたら絶対に訴えられるぜと言ったのでアセったのか、次の日久美子からＬＩＮＥが来た。「仁史の口座に五十万振り込んだから、みんなにこのことは言わないで。カメラの機材か何か買ってあげて」と。

この女なりに反省しているんだろうな。しかし、なんでも金で解決しようとする女とわかって、俺の心境は複雑だった。

　だが、これで終わりではなかった。俺はもうひとつの疑念もハッキリさせなければ、こっちのほうが何倍も深刻だからと思い、久美子に聞いてみた。

「スクールのほうにもたくさん誹謗中傷がきている。あれも久美子の仕業か」

「それは知らないわ、誓って私じゃないわ」

「本当か、今ならまだ間に合うぜ、本当のことを話さないと手遅れになるぜ」

「本当に私じゃないから、信じて仁史」となかなか認めようとしないので更にこう送った。

「世の中のバカ女は匿名ならバレないと思っているヤツが多い。いくら匿名だろうがすぐに削除しようが履歴は残る。裁判を起こされて裁判所命令が出ればSNSの管理者は情報を開示しなければならず、履歴から復元するのは容易い。そしてコメント先からIPアドレスが判明する。IPアドレスっていうのは住所みたいなもので、みんなが使っているスマホやPCには必ずあり、どこの誰々が使っているかすぐにわかる。犯罪で使う飛ばし携帯や、PCに卓越した人がハッキングして他人のPCから送るとかしない限り、百パーセント捕まるぜ」そして更に追い打ちをかけるように、「相手は大弁護団を結成してまでも犯人を見つけ損害を賠償してもらうと息巻いている。PCのプロを雇えば見つけることなど朝飯前だ」と加えた。

「本当に久美子じゃないんだな、ならいいけど、札幌などのスクール開設準備金、二件も損害を被ったので、下手をすれば「億」という金を請求されるかも知れない。そうなったらお前の小さな会社など一発で倒産だぜ」と送った。

するとしばらくしてから、再び「ごめんなさい」と。

点と点が線で完璧に繋がった。

俺は、なぜこんなことをするのか訊いてみた。

すると「私はたまにしか仁史と会えない、みんなしょっちゅう仁史と一緒に写真を撮りに行ったりして楽しそうで羨ましかったの。それにレオタードのおばちゃんがニコニコ楽しそうに仁史に撮ってもらっている。こんなおばちゃんみんなと仁史がＳＥＸしているかと思うと、悔しかったの」という。

俺はここから先は今後の対策について長文になるからメールですると伝え、メールでやりとりがはじまった。

スクールのホームページの書き込みは管理者にすぐに削除されるので一般に公開されることはなかったが、問題はその他の美容関係の掲示板や2ちゃんねる等の掲示板だ。

俺は今わかっている範囲で、その掲示板のサイト先やコメント内容を洗い出し、エクセルの表にリンクを貼り付けて久美子へ添付メールで送った。

全部で五十件ちょいあった。

とりあえず、これをひとつずつ削除しろと。

ハンドルネーム「ドブねずみ」とか「ババアのイボ痔」とか「サギ・成敗」とかで、その内容はおぞましい罵詈雑言が並んでいた。

やりとりをしていくと、徐々に削除されていくのが目に見えてわかる、四十件、三十二件、二十件……と。

俺はこのやりとりのメールや、消されていく掲示板の画面を、カット&ペーストでエクセルシートに時系列で貼り付けて保存することにした。

後々、トラブルに巻き込まれた時の証拠として残しておいたほうがいいかもという勘が働いた。

あと、十三件くらい残してとまった。

「どうした？　減らないぞ」

「コメントを入れる時、適当なパスワードを思いつきで入れるのでわからないの」

「思い出せ。考えられるあらゆるパスワードを試せ。時間は少しかかってもいいから」

何日か経ってから久美子から電話が来た。「ごめんなさい」と謝ってから、もうこれ以上は思い出せないという。残りを見ると七件まで減っていた。

「お前は本当に酷い女だな。俺はあのスクールで認められ、もう少しでスクール全体の専属カメラマンとして契約するところだったんだぜ。それがお前のせいでパーだ。どう責任をとってくれるんだ。もうお前とは縁を切る。このことは俺からスクールにチクったりはしない。一度は愛した女だからな。それにあかねちゃんも可愛そうだし。でも万一バレたら覚悟はしておけよ」と言って俺は電話を切った。

この世の中で一番怖いものは何か？

それは幽霊でもお化けでもない。

それはまさに生きた人間（生霊）だなと思った。

後日、俺の口座に三百万が振り込まれていた。

俺はもう、こっちから関わり合いたくなかったが、電話で「俺の価値はこんなものか」

と言った。

警察に駆け込む女

この女がこんなに腹黒いとは思ってもいなかった。

確かに毎回高額な撮影費を払ってくれたし、美味しいものもたくさん食べさせてくれたし、いい思いもさせてくれた。

だが俺もそれなりに誠意は尽くしていた。

旦那の試合も何回も撮影してやったし、ねぶたや地元のお祭りにも借り出され、青森津軽海峡、八戸蕪島、鶴の舞橋と行く先々で綺麗に撮ってやったし、極寒の雪の降るなか、真っ白な雪の大地をロケーションに着物に番傘で女優バリに撮影もした。

この作品は今でも俺のＢＥＳＴ３に入る。被写体はどんな本性の女だろうが、写真の芸術性とはまた別の問題だから。

東京での大手製薬会社とのパーティや、娘のあかねが、アイドルがプロモーション撮影した聖地を巡りたいと言った時も、横浜でアイドルと同じポーズで撮ってやった。

この女はとにかく見栄っ張りだった。俺がつきあっている間も外車を三台も乗り換え、この車は青森では私しか乗っていないとか、ブランド品はどこの……お取り寄せ品はどうの……と、とにかく徹底してセレブ妻をアピールしていた。

妻といっても旦那には愛人がいて、マンションも会社の経費で買い与えていることを知りつつ、仮面夫婦を演じていた。

旦那も女房に対し、こんなに頻繁に俺を呼んで一緒に行動しているのに、普通なら「あれっ?」って思うはずだ、だがたぶんこう思っているのだろう。俺も好きなことをさせてもらっている、だから女房に男の影が見え隠れしても何も言わない。

久美子も大人のルールをちゃんと守り、家庭や会社に害を及ぼさないなら、自分の好きにさせてやろうと、他の男に現をぬかしても世間的にいつまでも若く綺麗でいてくれるならそれでいい。

歳をとって落ち着いたら、いずれは家庭に戻ってくるのだから、とそんな感じがした。

見栄っ張りだけならまだ許せるが、うすうす感じていたことだが、平気で嘘がつける女だった。

「誓って」とか「私を信じて」とか、それらすべてがウソだった。

つきあっている最中、こんな話をしたことがある、俺と知り合う前、一時期旦那にSNSを禁じられていたと。

「なんで？」って訊いた時こう答えた。「ネットで買い物しすぎて」と。

俺とつきあっている時の金使いの荒さだが、羽振りがいいというか浪費家というか、欲しいものがあるとバンバン買っていた。もちろん領収書付きで。

そんな女がネットで買い過ぎたくらいでSNS禁止なんてないだろう。きっと他の理由、たぶん俺と同じように男とネットで出会い過去にトラぶったことがあるんだろう、だから弱みを握られ旦那に女がいても何も言えない、そんなところだろうと思った。

久美子が俺の写真仲間の女の子についてとやかく言いはじめた頃、写真仲間に俊介という三十歳くらいの若い男の子がいて、その俊介のブログに久美子がやたらとコメントを入れるようになった。俊介はちょっとイケメンでファンの女の子もかなりいた。そんなファンを押しのけるような感じで「俊く〜ん、写真が素敵すぎま〜す」「俊く〜ん、今度撮り方を教えてくださ〜い」とか、他のファンが読んだら、「だれ？　この女」って思わせるような内容だった。

仲間内でその話が出たとき、「誰？」って訊かれ、トホホ的な感じで「さぁ〜最近よく来るんだ」と言っていた。俺はもちろん知らん顔をしていた。

俺の写真仲間なので俺も見ているし、知っているのを承知の上でまるで俺への当てつけのように、日々コメントもだんだんと、エスカレートしていった。

ひょっとすると俊介を金の力で青森まで呼んで、その後の展開を楽しもうとしていたのかも知れないし、もうその時俊介は既に、ヒアルロン酸おばさんの毒牙にかかっていたのかも知れない。

うだるような灼熱の太陽が容赦なく照りつける二〇一五年のある夏の日、突然、俺の携帯が鳴った。

「吉岡仁史さんの携帯で間違いないですか？　こちらは青森県警弘前署の谷口というものだけど、おたく大久保久美子さんって方、ご存知ですよね。実はその女性から貴方に脅迫されていると、相談を受けているのですが……」

突然のことに頭が真っ白になった。

その谷口という刑事（?）は電話でこう言いはじめた。

「貴方はこの大久保久美子さんに対してお金を要求しているらしいですね。さらに卑猥な画像を送りつけて脅迫しているのは本当ですか?」と。

俺はいきなりのことで少しパニクってしまい、頭が真っ白になったが、暫くして落ち着きを取り戻した。

そしてその谷口という刑事が、久美子が訴えているという内容を話している間、俺は話に割って入ることもなく、最後まで聞いた。

その上で、俺はこう切り出した。

「刑事さん、これって録音していますか?　もししていないなら、これから僕が話すことをすべてメモしてもらえますか」と。

「まず、卑猥な画像ですが、青森に遊びに行った先で車の中で久美子とSEXをした時に、面白がってスマホで撮った写真をその場で送ったのは事実です」

「貴方は彼女とどういう関係なんですか?」

「不倫関係です」と答えたら、その刑事が「えっ?」という。俺はこの刑事が驚いて「えっ?」というのを聞いて確信した。

やっぱりあの女は自分に都合の悪いことは一切言わないで、作り話をしていると。

更に「順を追って話しますね」と言い、時系列ですべて話していった。

特に、俺の周りの友達に誹謗中傷のコメントで嫌がらせをしたこと、コメントだけではなくすみれにはメッセージで「あんたは吉岡というカメラマンと浮気をしているよね、旦那や子供の学校やＰＴＡの親御さんたちみんなにバラします」と送ってきたこと、信じないならここの○○っていう人です、電話番号教えましょうか」。

そしてこの事実を白状し、お金を振り込んできたこと。

俺がスクールのカメラマンをしていること、そのなかで起こった今回の裁判沙汰一歩手前のことを話した。

「ウソだと思うのなら、ネットで○○アンチエイジングスクールって検索して、そこの○○って人に訊ねてください。でもその時はもう犯人は大久保久美子って女だっていうことがバレますよ。そして民事裁判を起こされて莫大な慰謝料を請求されますよ。警察は民事不介入ですよね。気をつけてください。本人が認めたメールや誹謗中傷が時系列で削除されていく経過の証拠は取ってあります。提出しろと言うならいつでも出しますが、そうなったら警察沙汰にまでされたんだから、俺もこの証拠を持って出るところに出ますから」

向こうは絶句というか、筋書きがしっかりしていて矛盾がなく理屈が通る俺の言い分に、しばし無言だった。

「ねぇ、刑事さん、刑事さんはあの女になんて言われたか知らないけど、あの女は嘘つきですよ。おそらく貴方には十のうち二か三しか言っていませんよ。なんなら今僕が話した内容を彼女にすべて話してくださいよ。弁解の余地はひとつもないから。もし言った、言わないというなら、こっちには証拠や証人は何人もいますよ。あの女のせいで生活が困窮して風俗に行った女もいますよ。そのことを話してください」

暫く無言ののち、刑事が言った。

「それで貴方はどうしたいですか？」

俺は暫く考えた。「警察まで出してきやがって。どうしてやろうか、この女」と。

だが、娘や旦那の顔を思い出した。

結局俺はこう答えた。

「もう、あの人とは関わり合いたくないです、あの女に俺の人生狂わされたけど、自分の非を認めたのだから、もういいです、もう終わりにしたいです」と。

そう言うと「伝えておきます」と言って電話は切れた。

あれから十年あまり、その後どうなったかなんて俺にはどうでもいい話だ。

ただ久しぶりに旦那の会社のホームページを覗いてみたら、ヒアルロン酸をやめたのか効き目がなくなったのか、歳をとって老けた久美子が社長として堂々と掲載されていた。

そしてそのホームページを彩っているのは、俺が撮った数々の青森の風景写真。

「どういう神経をしているんだ、この女」って思った。

バター犬

この女性と知り合ったのは、俺のSNSを見てメッセージを送ってきたのがきっかけだった。

「みんなキラキラと輝いていて、すごく綺麗で素敵です。私の生徒さんたちもこんな感じで撮ってもらえませんか」ときた。

それは東京のスクールで、スタジオのレオタードだけでなく、月に一度くらい街中で撮るロケーションフォトを見てのことだった。

その彼女の目に留まった写真は、ヴィトンやアルマーニといったブランドのブティックが立ち並ぶ六本木の歩道に、ライトアップされた東京タワーやけやき坂のイルミネーションをバックに、ブランド服を身に纏った東京のリッチなセレブママたちを十人ほどずらっと並べてポーズを決めている写真や、渋谷スクランブル交差点の中央で信号が青になった一瞬を狙ってポーズを決めているトレンディな女性たちを、横のビルの上のスタバから俺が狙ったフォトだった。

まるで合成写真のような、雑誌でも見たことのないこの写真を見て、のちに多くの女性たちからの問い合わせや依頼が来た。そのなかの一人だった。

大阪に住む百合講師と名乗るその女性は、大阪でメイク中心にエクササイズやヨガや服のコーディネイトに至るまで、幅広く展開しているアカデミーのビューティアドバイザーの講師だった。

要するに明子のアンチエイジングスクールと似たような業界で、類は友を呼ぶんだな〜と思っていた。

どんな感じで撮ってほしいのか、詳細を訊いてみた。

俺のＳＮＳにはいろんな依頼が来る。そのなかには五十歳くらいのおばちゃんが「遺影になるような写真を」とか「奇跡の一枚を」とふざけたものもある。そんな時は決まって「俺はすごく高いですよ。一万も払えば撮ってくれるカメラ小僧はいくらでもいますからそっちにお願いしてください」と言って断った。

その百合講師の場合は、交通費や宿泊代は別途で、十人から十五人ほどいる生徒さんを一人五千円ではどうですかという。一泊二日か、うまくやれば日帰りの仕事で五万以上にはなる。悪い話ではないと思った。

更に「あと私も個人的にお願いしようと思っている」という。

そのアカデミーのSNSに載っている百合先生、歳の頃は五十歳をとうに超えていそうなおばちゃんだった。

「いいですけど、貴女はどんな風に撮ってほしいのですか？」

「日本庭園みたいなところで着物を着て」

「わかりました、それも撮りますが、思いきってヌードも撮ってみませんか？」

「え〜、ムリムリ、ムリよ〜」というので、大阪にお気に入りのスタジオがあるとか、少しでも若いうちにとか口説きながら「料金は貴女に任せます。自分のカラダに自分で価値を付けてください」「もしOKなら、生徒さんたちは一人三千円でOKです」と加えた。

何日かして返事が来た。「わかりました。私も覚悟を決めました。それとコラボしているメンズスクールの方からも七、八人、一人三千円でいいかしら？」というので了承した。日にちと場所を決めて俺は大阪へ飛んだ。

空港まで迎えにきてくれた百合先生は白いベンツに乗っていた。俺は「金持ちっていうのはまったく……」と思った。

百合の住むマンションへ向かい、十階にある部屋に入ると中は白を基調として、まだ真新しそうだった。俺は千葉のあのマンションを思い出した。

部屋のあちらこちらにある宝石などの装飾品や壁に掛かる高そうな絵、こっちもセレブかなと思っていた、部屋の中にバセット・ハウンドというらしい犬を飼っていた、車中で聞いた話では、旦那とは五年前に離婚して今はひとり、子供もいないということだった。

暫くすると百合の携帯が鳴り、「ちょっと待ってて」と言うと車の鍵を持って出ていき、十分くらいで戻ってきた。

「どうしたの？」

「今、彼に車を貸してきたの」

今の彼氏は三十歳の妻帯者で知り合ってまだ半年くらいという。要するに不倫中で「私、今モテ期かも～」って笑っていた。

今日はお客さんが来ると言っていたので上まで上がってこなかったらしい。

俺はその小僧の顔を見てみたかったが、その小僧も二十以上、イヤ三十近く歳の離れた、へたをすれば自分のお袋より歳のいった女とのSEXに溺れているのか、金がらみのツバメちゃんなのか知らないが、すぐにババアのカラダなんか飽きるのになと思った。

早速仕事の話に取りかかった。一人五千円でいいよと言っているので俺は、イヤ三千円でいいから、その代わりこっちにいるうちに編集して渡すからUSBメモリー持ってきて、なかったら千円くらいで売っているから買ってくるように伝えてと言った。

普通に考えて、どんな写真を撮ってくれるかわからないカメラマンに五千円は高いだろう、三千円くらいならちょっと高めのランチを食べたと思えばなんてことないだろう。

俺はこんな時はガッツリ撮ってあげることにしている。一人大体五十枚くらいの写真は渡す。もちろん俺の納得のいく写真だけ。だから実際はその二倍も三倍も撮っている。

女が「うわぁ素敵、ありがとう」と感激する写真だけを五十枚くらい渡す。一枚当たりに換算すると六十円くらい、それで普段「ハイこっち見て～」というような写真しか撮ったことのない女が、綺麗に美しく妖艶に、時にはシリアスに、見たこともない自分の美の発見にリピーターにならないわけがないので、初回は大サービスだ。

そして百合の番だ。普段の小洒落たリッチな恰好をして、この高級住宅地の界隈を犬を連れて散歩している様子や、洒落たカフェでお茶している様子とか俺のイメージを伝えると、それいいね～と興奮している。

そしてお気に入りのスタジオではこんな感じでと言うと、既に覚悟を決めていた百合は「こんなの買っちゃった」と言って、スケスケのシースルーの下着やネグリジェっぽい物を出してきた。

俺は、ちょっと違うんだけどな～と思った。

「撮影代は十万でいいかしら？　ホテル代も出すけど、ここに泊まってもいいわよ」

面白くなった俺は、「どんなイメージか見たいから」と言って着替えさせた。

寝室で着替えてきた百合は恥ずかしそうにリビングに来ると、頬を赤く染めて立っている。

老いを隠すようにちょっと厚化粧だが、若い頃はそれなりに綺麗だっただろうと思わせる整った顔をしていたが、初老のカラダは年を誤魔化せず、いくら若いツバメちゃんのプルップルのコラーゲンをここ半年間注入の施術をしても効果はなしかと思った。

ソファーに寝かしいろんなポーズで撮っていった。一糸纏わぬ姿で撮りながら俺は、今は綺麗に芸術っぽく撮ろうなどと思わない、出会ってまだ一時間あまり、初めて会った男の前で、いきなり脱がされ、イヤ脱ぎ、全身を舐めるように見られながら撮られているこの女の恥じらった顔、俺に見られている、撮られていることの恥ずかしさが快感へと変わり、やがて興奮へと変化する様子を捉えていった。

そのうち興奮も最高潮に達したのか俺のベルトを外しにかかった。俺は一言も発することもなく一連の動作を見ていたが、ペニスが出た瞬間、女は口に咥えてしゃぶり出す。

「どう？　おいしい？」

「すごいね～、おっき～、おいしい～」

「彼氏と比べてどうなの？」

「全然違う～すっご～い、おっき～はやく～はやく入れて～」と興奮している。俺にとってもこんな初老に近い女は初めてで、ある意味新鮮だった。

ソファーですぐにイッてしまった百合を駅弁スタイルで寝室のベッドまで運び、そこでまたじっくりとハメ合った。

しばらくすると、きちんと閉めなかったドアから入ってきた犬がベッドに乗っかり、正常位でハメている俺のケツの穴を舐め出した。

「ウヒャー」と俺は言い、くすぐったいやら気持ちいいやら。

それを見た百合が「ジャッキー、ダメ、下りて」と言っても舐め続ける。

ケツの穴を犬にベロベロ舐められながら百合のヴァギナをグイグイ突く。癖になりそうなこの快感に俺は「クゥ〜、気持ちいい〜」と叫んだ。

最高に興奮していつもより倍増した俺の通天閣は更に激しさを増し、百合は「すっご〜い、あ〜きもちいい〜」と喘ぎ声を上げてのた打ち回っている。

俺が途中で抜くと犬は、今度は百合のヴァギナから滴るバターと俺の竿についている百合のバターを舐め出した。

「ダメ〜ジャッキ〜ダメ〜」と言いながらも、この女も舐められる快感に身悶えていた。

女が自慰行為のため、自分の陰部にバターを塗ってそれを犬に舐めさせるという谷岡ヤスジの「バター犬」という漫画を、中ボーの時興奮しながら読んだ記憶が蘇った。

結局この部屋に三泊した俺と百合は、毎回バター犬の攻撃を受けた。

百合のヌード撮影は、お気に入りのスタジオで撮った。本人はその芸術性にすごく感激して「私の宝物ができた」と大満足だったが、俺はさほど満足していなかった。もうちょっとマシに撮れるかと思っていたが、逆にすっかり自信をなくしていた。

いくらロケーションや構図を変えても、被写体に魅力がないと生きた写真にはならなかった。この時思った。「もうおばあちゃんを撮るのはやめよう」と。

だがのちに今回の撮影がいいウォーミングアップになったことを知ることとなる。

生徒さんやメンズの写真の方は大満足の出来で、あべのハルカスや梅田スカイビルの空中庭園で、まるでノ◯ノやキャンキャ◯に載っていそうなモデル風に撮ってやった。

メンズもスーツやブレザーでメンズク◯ブ風に撮ってやると、みんなすごく気に入ってもらえて、自分の部屋や経営する喫茶店に大きく引き伸ばして飾ると大喜びだった。

百合も鼻高々で「講師の株が上がった」と喜んでいた。多くの生徒から「また今度絶対撮ってくださいね。連絡しますから」と大好評だった。

生徒は二十歳くらいから四十五歳くらいまで幅広く、女の子から主婦って感じの可愛い子がたくさんいた。

百合のマンションに泊まっている間に、早速四人の女からメールが届いた。一人は「今度福岡に行ったら撮ってください」という人と、英語塾の三十歳くらいの女性講師は「近いうちに」ということだった。もう一人の四十二歳の男好きのする色気のある主婦は「岐阜に住んでいてあまり出られないから岐阜で撮ってほしい」と、残りの女性は大阪市内に住む三十七歳のバツ一の女だった。

なまぐさ坊主の聖地巡礼

俺は百合と三発四日、イヤ五発くらいを過ごし、四日目の朝百合と別れ新大阪駅の近くでレンタカーを借りると岐阜へ向かった。

岐阜の犬山に住むその女は、俺にメールをくれた四十二歳の紀美子という女性で、男好きするような色気のある主婦だった。旦那が遅番のこの日の午後しか時間がないというので、約束の場所でピックアップし、近くにある犬山成田山という所の入り口近くの、朱色の門がある中国っぽいところで数枚ポートレートを撮ってあげた。

撮り終えて車に乗った瞬間、抱き寄せてキスをした。いきなりのキスだったが紀美子は俺に身体を委ねていた。この女は大阪で撮影した時も、俺を見つめる目が他の女とは明らかに違っていた。

そして離れる時にこう言った。

「貴方のその目が素敵ね、その目で見つめられると女は誰でも、濡れちゃうわ」と。

今まで何回も言われた台詞だった。

「じゃあ大阪の時も濡れていたか」

「もう、ベチョベチョだったわ」か〜あ、なんてエロい女なんだ。

俺はここに来るまでにチェックしていたラブホテルへ車を滑り込ませた。

想像通りのエロいカラダと濃厚なSEX、そして人妻という最高の材料に増し増しで乗っかるトッピングのような「生理前だからウズウズしてた。中に出していいよ」という最高の淫語で、奥さんがイッた瞬間、俺のバズーカもまるで鵜飼の鵜が首を絞められて鮎を吐き出す時のように、絞まった首、イヤ締まったヴァギナでイカされた俺の精子は、長良川へ何億匹も放流された。

夕方に再び大阪へ戻ると、今度は三十七歳のバツ一の女が待つ岸和田へ向かった。

その女は雅美という女で、祭り狂いの旦那とは一年前に別れたという。

子供もなく、普段は誰かのバックで歌うコーラス隊みたいなことをし、オペラだかなんだか忘れたけど歌手だと言っていた。

YouTubeで見せてもらったがなかなかの美声の持ち主で、間違いなくプロだった。

ごく普通のアパートに住んでいて、部屋の中は必要最小限のものしかなく、洗濯機もないので、その都度コインランドリーに通っているという。

この女も大阪での撮影中、目がイッていた一人だった。

小さなベッドで早速ハメ合った。

俺のペニスのでかさに驚愕し、しゃぶりながら「すっご〜い、ひとし〜すっごいよ〜」と興奮しまくっていた。

会ってまだ数分しか経っておらず、俺ですら「雅美さん」って呼ぶのに、いきなり「ひとし〜」かぁ。

シックスナインの恰好で舐めはじめ、次から次へと溢れる蜜を啜ると悶絶しながら喘ぎ、「はやく、はやくちょうだい〜」と催促する。

旦那と別れて一年、欲求が溜まっているのか「早く欲しい」と強請《ねだ》る。

俺は昼間、イヤ朝百合と別れの一発、昼は紀美子と一発、本日三発目でムスコはまだフル稼働していなかったので、いつものようにこの女の赤裸々な性体験を俺のバイアグラにするため、いろいろ訊き出した。

「今彼氏はいるのか」と訊いたら、「ついこの前までいて別れたけど、あれは彼氏だったのかな〜」という。

出会いについて詳しく聞いてみると、「そんなことあるのか」とちょっと驚いた。

このアパートに引っ越してきてもうすぐで一年になるが、彼氏とはこのアパートを紹介してくれた不動屋さんに勤める二十七歳の若者で、小さな子供もいる妻帯者だという。

その男はこの部屋を世話してくれた翌日再び訪れ「部屋は片付きましたか」と言って上がり込み、話をするなかでそういう雰囲気になって「ヤッちゃった」と。

それは男が仕掛けてきたのか、離婚してから欲求不満の雅美が乗っかったのかはわからない。

つきあっているといっても昼間デートするわけでもなく、週に二回くらい彼の仕事が終わるとここへ来てハメてすぐ帰ると、なんじゃそっりゃ〜、タダのセフレじゃんか。

そして関係が終わったのは、ある日その男の女房が訪ねてきて「子供もまだ小さいので、うちの旦那と別れてください」と言われて別れたと。

それを聞いてまたまた「なんだそりゃ〜」って思った。

本当のところはもっとごちゃごちゃ修羅場があったのかも知れない。女って自分の都合がいいことや当たり障りのないことしか言わないので話半分で聞いていた。

そして俺はこう言った。「向こうは妻帯者でこっちは独身、訴えられたら完璧にこっちの負け。よかったな、三百万払わなくて済んで」

この女が十コも若い男に、まるで溜まったら吐き出しに通ってくる公衆便所のような関係と、自分の会社の仕事のお客の女をどうやって口説いたのかと考えると、その普通ではあまりない状況に俺の通天閣はまるでバイアグラを飲んだように日本一高い、あべのハルカスへとグレードアップした。

雅美のグチョグチョのヴァギナへ挿入すると、ビックリした。

キツイ、すっげ～キツイのだ。

女はイク瞬間膣壁がキューと締まり、巣穴からアナゴが追い出されることがよくあるが、雅美は最初からしかも入り口、中間、奥と均等にキュ～いや、ギュ～って締め付けてくる。

これじゃ、最初からアナゴは巣穴に入っていけない。

俺はこんな締まりのいい女は知らない。いや、十六のガキの頃、初体験の相手だった中ボーの女も中指をキュ～って締め付けるキツさだったが、童貞のチンポを入れた時など、テンパッていてよく覚えていない。

だがこの女、こりゃ～間違いなく名器中の名器だと思った。

ソープにいたら、この可愛い顔とその武器だけで店のナンバーワンに間違いなくなれるのに、俺の下で「あ～すっご～い、ひとしのすっご～い、おっき～、きもちいい～、きもちいいよ～ひとし～」と目をひん剥き、ヨダレと俺の先走り汁で唇を濡らし喘いでいる。

その締まり具合は上でも下でもバックでも変わらず、興奮しまくった俺のバズーカはロケットランチャーへと変化していた。

スタイルがよくて痩せていて、子供を産んだことがないからなのか。イヤ、そんな女はゴマンといる。もともと名器の持ち主なんだろうか。

「雅美すごいな～。すごくキツイぜ」

「それはヒトシのが大きいからよ。でも彼氏も、女房とはまったく違うって言ってた。それにスグにイッちゃってたしね～。それに比べたらヒトシはすごい。長い時間私をいい気持ちにさせてくれるし、イカせてもくれる」と笑っている。「たぶん歌を歌っている時、腹筋を使うからだよ」

それを聞いて「なるほど、それは一理あるかも」と思い、じゃあアスリートたちは腹筋を鍛えているからきっとすごいんだろうなと思い、若い彼氏もこれじゃあ忘れられなくて、手放したくなくて、女房にバレるまで通ってくるわな～と思い、今は一旦別れたがこの締まり具合を忘れられなくて、また隠れて来るかも知れないなと思った。

俺は翌日の夕方から他の仕事があったので、雅美の部屋に一泊して翌日福岡へ帰った。

当然、朝もこの名器に扱《しご》かれた俺のアナゴはよれよれの干物のようになっていた。

一週間後、急遽大阪で仕事が決まった。ジャズコンサートの撮影を終え、夜は雅美と会う約束をしていた。

雅美と小さなベッドで愛し合い、今日こそは追い出されないようにと頑張っていたが、昼間の撮影の疲れもあり、俺としたことがあっけなく追い出されてしまった。

「すごくよかったよ～、ヒトシ」と不甲斐ない俺を気遣うように言ってくれる。

俺はベッドに寝て、雅美は床に敷いた布団の上で最近の出来事など話しはじめた。

「仁史が帰った次の日曜日、合コンに行ってきちゃった～」というので、詳しく訊いてみると、女友達と二対二だという。

「相手は？」

「お坊さん」

「エッ？　お坊さんって寺の坊主？」

「そう」

歳は二人とも四十前の妻帯者で、割と近所の寺だという。

合コンのキッカケは忘れたが「大っきい坊主と、小っちゃい坊主」と言って笑っていた。

洗濯機がないという話になって、大っきい坊主が小っちゃい坊主に「洗濯機くらい買ってやれよ～」と言うので、雅美も「おねが～い、買って～」って言ったら渋っていたと。

二次会でバーに行ったらしいのだが、「そこから記憶がないんだよね～」というので、「どうやってこのアパートに帰ってきたんだ」と訊いても曖昧なことしか言わないので、俺がズバリ「ヤッちゃっただろう」と訊くと、気まずそうな顔をして、どちらとも言わない。

俺はそれを見て、「完璧にヤッたな」と確信した。

そして雅美が寝ている布団の上に被さり、「ヤッただろ？　正直に言いな」と笑いながら問い詰めた。

するとポツリポツリと話しはじめた。

バーで小っちゃい坊主の方と二人で飲んで、途中で酔っ払って、そこから記憶が途切れで、気がついたらタクシーに乗せられていて、「ちょっと休んでいこう」って言われた。「どこに?」って訊いたら、「ちょっとお風呂に行こう」と言われて、気がついたらラブホテルだった……と言いながらその後は何かツジツマの合わない話をはじめ、最後はお腹の上に「ドバァ～」って出されていたんだよね～という。

俺はそれを聞いて、女って自分に都合の悪いことは言わないし、本当は意識がハッキリしていたはずだし、洗濯機を買ってもらえるかもと微かな期待もあったのだろう。

俺は嫉妬心に燃え……イヤ。

この女、俺と先週は帰り際までガッツリと何回もハメ、何回もイッたはず。そのヴァギナも乾かぬ数時間後にクソ坊主とSEXした。

しかも本気で恋人を探すならまだしも、妻帯者とわかっていて、はなから遊びとわかっている男に洗濯機欲しさに抱かれたのか～。

坊主も普段は人生や生き方について説いたり人の道を説いたりするくせに、合コンでナンパした女の腹の上に「ドバァ～」とぶっかけただと～。

この予想もしなかった雅美の告白に、俺の不動明王が奈良の大仏、イヤ茨城の牛久大仏よりでかくそびえ出した。

それを見た雅美は「すっご～い」と嬉しそうに言った。さっきまでの不甲斐ない俺はどこ行った？　って思うほど俺の大仏は、観音様をグイグイ押し広げて中に入っていった。

決して押し出されることもなく、雅美は「アフ～ゥ、すご～い、ひとし～すごいよ～」と白目を剥き、口からはヨダレを垂れ流して悶絶している。

「コラ、俺とヤッた数時間後にクソ坊主とヤッたのか？　よかったのか？　ナマグサ坊主はよかったのか～」この女が小坊主にヤラれている場面を想像し、寝取られた悔しさなんてものはないが、それを嫉妬みたいなものに捉えると興奮が増した。

「ごめんなさ～い、小坊主とヤッてごめんなさ～い」

俺が嫉妬を変態的な刺激に変換していると知って、わざと興奮を募らせやきもちを焼かせるような淫語をいう女、最高だ～。

それにしてもクソ坊主、バーでワインを飲み、チーズだ生ハムだぁ？　精進料理だけ食っていればいいんだ。

今日の俺はまるで雅美の聖地へ訪れた、なまぐさ坊主のあとを巡る聖地巡礼じゃあないか～。

俺が「罰としてこのまま中に出すぞ」と言うと、ちょうど安全日だったのか、雅美は「いいよ」って答えた。

翌日、興奮冷めやらぬ俺はすぐに福岡へ帰る気がしなかった。この最高のカラダと、なまぐさ坊主の興奮の余韻が冷めやらない俺は雅美と小旅行へ出掛けた。

一日目は大阪のスタジオでヌードを撮影した。プロのヘアメイクに頼んで、そこら辺のモデルも敵わぬ極上の女に仕上がっていた。元々プロの歌手なのでドレスは腐るほど持っていた。

このスタジオの三つある部屋は、一つめは七〇年代のイタリアのクラシックな家具や雑貨で飾られたシックな基調で、まるでオードリー・ヘップバーンの映画のセットのようだった。二つめはパリのサント・シャペル教会のようなステンドグラスに囲まれた部屋で、その部屋に合うドレスを女優のように次々にチェンジし最高の作品を撮っていった。

そして三つめはパリのオルセー美術館の大時計のようなものが壁にはめ込んである部屋で、床にバラの花を一面に敷き詰め、その上でミロもゴヤも敵わぬ最高のヌードを、最高の芸術作品を撮っていった。

このヘアメイクや衣装合わせも、あの百合の時の失敗があったからこそだと思った。

二日目は岐阜の山奥にある、日本ではここにしかないブランコがぶら下がっている露天風呂へ行った。雅美は貸し切りの露天風呂のブランコに素っ裸で乗って漕ぎ、俺は正面で雅美が蹴る水しぶきを全身に浴びながら、防水のためラップを巻いたカメラでこの健康的なエロチシズムの芸術作品を撮っていった。

最終日は京都で満開のサクラを満喫し、忘れられない旅行となった。もちろん三日間ともあの罰を与えることは忘れなかった。

福岡に帰った俺は、この芸術作品を写真集にして雅美にプレゼントした。そしてこの芸術作品は今でも俺の作品のなかのナンバーワンである。

洗濯機も買えない女だから、もちろんすべて無償だ。更にその美声と写真を、仕事や出会いにSNSで幅広く活用しろと、パソコンを買い与えてやった。

ここまで俺に貢がせる女は初めてだ。

でも、洗濯機は「そのなまぐさ坊主に買ってもらえ」と言った。

北の国から・2017

俺は北海道が大好きで、毎年のように春夏秋冬写真を撮りに行っていた。

特に冬の美瑛や富良野がお気に入りだった。

冬の旭川は何もない。雪の大地と木と青空しかない。な〜んにもないからいいんだ。

都会の喧騒や人混みから逃れ、この極寒のなか、一人で写真を撮りながらボ～っとしていると心が癒される。雲がゆっくりと流れ、時間もまったりと流れていく。

インスタで知り合った旭川の幸子という女は三十八歳で、三人の息子を持つ母親だった。

俺が北海道の写真をいっぱい載せていたので、そこから来てくれた。

彼女のインスタを見ると、旭川周辺の写真とともに雪の結晶の写真がたくさん載っていて、それがあまりにも綺麗で、また雪の結晶にも何種類かあることを初めて知った。

それがきっかけで、幸子とインスタの中でやりとりがはじまった。

冬が近づいていたある日、北海道に行くことを伝えると、機会があったら一緒に写真を撮りましょうかという話になった。

俺の顔や容姿はインスタへ載せているので相手にはわかるが、彼女は一切載せていなかったので、一応会う前に自分の写真を送ってもらった。ネットの世界って恐ろしいもので写真を加工したり、十年以上前の若い頃の写真だったり、なかにはまったく別人の写真を堂々と載せているツワ者もいる。

会ってから、「オイオイ」ってなることもたまにある。

どんなバケモノが来るかもわからないミステリーツアーじゃないんだから。

送ってもらった幸子の写真は飛びぬけて可愛いとまではいかないが、ごく普通の生活の匂いがする控えめそうな女性だった。

俺が「子供たちは大丈夫なの？」と訊くと、平日は学校だし、終わってからもお兄ちゃんが下のチビたちを見てくれるから大丈夫という。

旦那もいる主婦だし、殆どというか絶対無理だろうと思いながらも俺は「泊まりは無理かい？」って訊いてみた。

すると暫くして「いいよ」って返事が来たので、俺は「覚悟はしておいてね」と告げた。

その後、拒否や断りの言葉もなく、会う日取りなどがトントン拍子に決まったので、俺は「いいんだな」と思った。

俺の定宿の駐車場に幸子の車を駐車させ、自分のレンタカーへ乗せると美瑛の丘のお気に入りの場所へ向かった。

初めて見る幸子は写真より少し若く見え、思った通りの控えめで少し照れ屋で笑顔が可愛い奥さんというより、ママさんって感じの女性だった。

マイルドセブンの丘で一緒に写真を撮った。

二月初旬の美瑛は凍えるような寒さだったが。真っ白の大地に並んで聳え立つポプラの木が真っ青な大空に映え、木の影が雪の上に順序よく並んで背比べをしていた。

ここまでの車中、いろんな話をした、旦那は市内の整備工場に勤めていて、子供は中学生を筆頭に六年生と一年生の男の子。

三番目のチビは作る予定がなかったけど、旦那が漏らしてしまったと言って笑った。

また、旦那はギャンブル癖があり、そのせいでギクシャクしているともいう。

「こうやってネットとかで知り合った男とよく会ったりするの?」

「これが初めてよ」

俺はいつも話半分で聞くことにしている。女ってだいたいみんな自分に都合の良い事しか言わないことが多いからだ。

更に浮気したことがあるのか訊いてみたら、「一度だけある」と。「それは今でも続いているのかな~」っていうので、詳しく訊くと、「子供同士が同じ学校で、旦那とも知り合いで、子供がいない時からの近所の顔見知り」だという。

きっかけとか詳しいことは忘れたが、今でもたま~に、お互いの女房や旦那に見つからないように家の傍で車の中でSEXをする、と。

今度いつとか、連絡を取り合うとかではなく、たまに偶然見かけて時間があれば気分でする。「それがいいんだな〜」という。

俺はそれを聞いて「なんじゃそりゃ〜」と笑った。

マイルドセブンの丘で抱き寄せてキスをした。幸子は俺に身を委ねていた。そして頬を赤く染めて俯いた。

ホテルに帰ると、早速ハメ合った。

何枚も着込んでいる服を脱がせると腹巻のようなものをしていたので、「何これ？」と訊くとカイロを入れるものだと。なるほど。その地方でしか出会えない一期一会だなと思った。

ディープキスをしながら少しぽっちゃりした生活感溢れる人妻の全身を舐め上げていくと、幸子はカラダを強張らせ、引き寄せた毛布で顔を隠し、微かな喘ぎ声を出しはじめた。

俺は幸子の両脚の付け根の間に顔を埋め、迷うことなく網走産のホタテの甘い汁を啜るように、奥さんのヴァギナを攻めたてた。

それからシックスナインの恰好になり、お互い舐め合った。

「おいしい?」って訊くと「旦那とは明らかに違う」という。この北の大地で育っていないけど、ニンジンの甘味を更に増すために雪の中へ埋めて保存する、極太の雪下ニンジンから染み出るジュースを吸い上げながら、「うん、おいし～、すっごいね～」と言っている。

ああ、最高だ。初めて会ってから、ほんの二、三時間しか経っていない、お互いのことをよく知らない俺のペニスをしゃぶりながら、染み出る汁を飲んでいる。

この普通ではありえない状況に俺の中のＨｙｄｅが悶えている。

たっぷりと人妻の甘い蜜を啜った俺は正常位の姿勢で、こんなでかいのは見たこともないという極太の雪下ニンジンを網走産のホタテへ当てがいながら、焦らすように言った。

「奥さん、食べていい～？」

「奥さんって言わないで～」

「いいから言わせてよ、興奮するから。食べていい？　奥さん～」

「ダメって言ったら、しない？」

「しなくていいの？　もうグッチョリだよ～」

「この瞬間を覚えていて、旦那以外の男のペニスが入る瞬間を覚えていて～」

と言いながら、ズブズブ～っと入っていった。

この初めて入れられる時の、恥ずかしさと戸惑いとワクワクの期待が交差する瞬間の女の表情が、最高にエロチックでたまらない。こんな巨根とはしたことがないという奥さんは、初めて犯された領域に驚愕し、悶絶している。

「すっご〜い、こんな奥までとどいてる〜」というので、更に強く突いた。

「イッ、イタッ」

「イタイか？」

「ちょっとイタイけど、きもちいい〜」

「イタキモって言ってみろ」

「イタキモ〜、イタキモ〜」と喘ぎながら時々白目を剥き悶えている。

ああ、最高だ。窓の外は極寒の世界、今日はマイナス十五度と言っていた。そんな中、ホテルの暖か〜いベッドの中で人妻とまっ裸になって愛し合っている。

俺の中のＨｙｄｅが「やっぱり地産地消は最高にうまいな〜、ヒトシ」ってヨダレまみれの口で俺に言う。

俺は優しく前後しながら言った。

「ヤッちゃったね」

「ヤッちゃったね〜」

「俺とヤッてもいいかな～って思っていたんだろ?」

「ヤッてもいいかなとは思ってない、ヤラれるかも知れないとは思ったけど」

「覚悟しといてって言ったろ? 覚悟できてたんだろ?」

「チョットね」

何時間もたっぷり、ネッチョリと楽しんだ俺が「口に出すから飲んでくれる?」と訊くと「いいよ、呑んであげるからいっぱい出して～」と悶絶しながら答えるこの人妻の淫語に興奮も頂点に達し、濃厚な雪下ニンジンジュースで奥さんの喉を潤した。

俺は、北海道に来る時は小樽や函館や網走と全道をぐるぐる周っているが、必ず旭川で二泊することにしていた。その二泊をいつも幸子とマッタリと過ごした。俺は一日中幸子とハメ合っていたかったが、写真の撮り方を教えてもらいたい幸子からは、「外へ行こうよ～」ってよく言われた。

「毎回よく二泊も外泊できるね」って訊ねたことがある。すると「女友達と朝まで飲みに行ったり、近場で泊まりで飲み会をしたりするので平気」と答えた。

そして相変わらず旦那とはギクシャクしているのでSEXはないと、たまに会う彼氏ともう長いことないという。

本当かどうかはわからないが、どうでもよかった。

この頃の俺は写真が目的で北海道に来るのではなく、幸子のあったか〜い人肌の温もりが居心地よくて、恋しくて来るようになっていた。

幸子は俺に対して好意を寄せてくれてはいるが愛情とかではなく、なんていうか一年の半分近くは雪に閉ざされた、どちらかというと閉鎖的な北国の、なんの刺激もなく退屈な毎日、そんな時決して自分の害にならない男との束の間の逢瀬で、代わり映えしない夫婦生活に刺激を与え、また暫くは平々凡々の生活に戻れる……といった感じなのだろう。

そういう意味ではお互い「セフレ関係」が成立しているのだろう。

幸子との関係が三年くらい過ぎた頃「最近インスタで知り合った人がいるの」と打ち明けられた。年の頃は三十代後半だろうか、東京に住む妻帯者で音楽か何かやっていると。

そのうちネットの「魔法」にかかった幸子は、プライベートで毎日その男とやりとりをするなかで、俺との関係も話したという。更に俺のインスタとかも知っていると。

俺が「オイオイ、勘弁してくれよ」って言うと、「でも彼は……」と言い、もう気持ちが入り込んでいたので「彼」って呼んでいた。

でも彼は、「僕と出会う前にそのカメラマンとそういう関係になったのだから、僕はなんとも思わないよ」と言ってくれていると。

「ふ〜ん」って思っていた。

次の季節にまた旭川に行って幸子と二泊の予定で逢瀬を楽しんでいた。

幸子とベッドでＳＥＸを楽しんでいると、何度もＬＩＮＥが来る。そしてＳＥＸが終わるとバスルームで誰かとコソコソと話をしていた。

俺が「誰？」って訊くと、その東京の彼氏だと、
更にその彼氏が怒ってＬＩＮＥを何度もしてくると。

幸子が詳しく話しはじめた。

初めは「僕と出会う前にそのカメラマンとそういう関係になったのだから、僕はなんとも思わないよ」と言っていたのに、「なんでまた会うんだ？　僕を愛してないのか？」と態度が急変したと。今回も何日から何日まで一緒にいると教えていたので、今日の日を狙ってやきもちを焼いてＬＩＮＥしてきていると。

それを聞いて、「同じ男だから奴の気持ちも少しわかる。ケド、なんで余計なことを言うんだろうな、この女」と思った。

それから三ヶ月くらい経ち、また幸子と会った時に訊いてみた。

「あれからどうした？」

「あのあと喧嘩になって、『もうやめる』って言われた。私は『別に構わないよ』って言った。無理に引き止めたりはしない主義だから」

去るものは追わず……ってか。おいおい、それは俺の専売特許だぜって思った。

でも何日か間が開いてから「ゴメン」って言ってきたと。

そして「こないだ彼が旭川に初めて来て会ったの」という。

俺が「ヤッちゃった？」と訊くと「うん」と。

俺がゾックゾクしながら「それでそれで」と訊いたら、初めは旭川の周りをいろいろ連れていかれたと。そのうち「そろそろ行っていいかな？」と訊かれ、俺と行ったことのある旭川に数件しかないラブホテルへ入ったと。最初はゴムをしていたけど、途中で「外してもいいかな？」と言われてナマでしたと。

俺はいつもナマだけどな……と思いながらも、その後のノーマルなSEXの話は興味がなかったので覚えていないが、この女が俺とつきあっている最中にどんな顔して他の男とのSEXの話をするのか、そっちのほうがよっぽど濡れたし、彼氏もこの女とこの日初めてSEXをした時、「人のモノ」を頂く美味しさ、それは「旦那の女」ではなく、「カメラマンの女」を奪ったというその略奪感に、きっとこの男も脳髄に汁を溢れさせたことだろう。

それからまた数ヶ月後に会った時は少し進展していた。

相変わらず、たびたび喧嘩を繰り返すと……原因はもちろん俺のこと。

あまりにもウザいので、俺とはとっくに別れたと言ったらしい。でも奴は俺のインスタを知っているので、俺が季節ごとに北海道の写真をアップしているのを見て、北海道に行ったことは明白、そのたびに幸子は俺と会い、ハメ合っているんだろうと疑い、嫉妬心をメラメラと燃え上がらせているという。

それを聞いた俺は「事前申告なしの事後報告でゴメンネ、ゴメンネ〜」と言った。

そして今では幸子が日帰りで東京まで行っているという。彼から交通費を振り込んでもらい、朝一の飛行機に乗って羽田空港近くのラブホテルへ行き、そして最終便で帰ってくるというのを、もう五回くらい繰り返したという。

俺はそれを聞いて、「ふ〜ん、飛行機代の往復と、ホテル代でだいたい五万円。一発ヤルのに五万円か〜いつまで持つかな」と思った。

俺は幸子と会う時は全額出してやっていた。それは幸子の家計に負担をかけさせたくなかったからだ。だから「彼に金をもらって行く分にはいいけど、自分から金を出してまではやめといたほうがいいよ」と言うと「うん、わかってる、そこまでバカじゃないわ」と答えた。

次の季節に幸子と会った時「あれからどうなった?」って彼氏のことを訊いたら、「あれからも月イチくらいで行っていた」と。「でも……」と寂しそうな顔をしてポツリという。

こないだ朝一の飛行機で行って、羽田で待ってたけど彼は来なかった。LINEしても既読にもならないし電話しても出なかった、結局夜まで空港にいて最終便で帰ってきたと。

俺はそれを聞いてこう思った。

彼氏はこんな遠距離で、彼女が今何をやっているのかいつも気になる。他の男に会っているんじゃないか、抱かれているんじゃないかと疑心暗鬼になり、こんな辛い気持ちで毎日いるぐらいならもうやめよう。一発ヤルだけで毎回五万円もかかるし、とてもじゃないけどやっていられない。それかもう他に既に格安の女を見つけた。

そのどれかの理由で彼氏のほうは「魔法」が解けたのだろう。

幸子も、その待ちぼうけを食らった日は、きっと自腹を切って会いに行ったのだろう。

その時はもう喧嘩をしているのか無視されているのかわからないが最後の連絡で、「とにかく行くから、空港で待っているから」と一方的に連絡を入れたけれど待ち人現れず。「私は無理に引き止めたりはしない主義だから」と言っていた幸子だが、この時はもうすっかり彼に心を奪われていたのだろう。

俺は「早く〝魔法〟を解きな」と言った。

ダッチワイフ

ある時、横浜の夜景をヘリから撮ってほしいと、ある会社から依頼が来た。

その会社は「みなとみらい」からほど近い本牧にある会社で、どんどん開発が進む「みなとみらい」にあって、ホームページを更新するにあたり写真が古いので、自社を中心とする昼と夜の写真を撮ってほしいということだった。

俺がクリスマスにヘリで撮った横浜の夜景写真を見て「これだけの写真を撮れる人なら是非お願いします」と。

俺も東京や横浜の夜空を何回飛んだことだろう。時速三〇〇㎞で飛んでいるヘリの中から夜景を撮るのは難しく、露出やシャッター速度、ピントなどドンピシャリ合わせなければブレブレで、ライトアップや窓の明かりがみんなカモメになってしまう。十回近く飛んでやっとまぁまぁの夜景を撮れるようになった。

——これは「写真の撮り方」の本ではないので、これくらいにするが。

そんな仕事を請け、三日間横浜に滞在することになった。初日に夜の部は撮り終え、ヘリポートのあるインターコンチネンタルホテルの裏から、宿泊しているホテルまでてくてく歩き、みなとみらいの夜景を撮りながら帰った。

ホテルのベッドで仕事以外の地上で撮った夜景写真をSNSにアップすると、早速、フォローやコメントが入った。

そのなかのメッセージのひとつに「こんばんは、ハカタのスナフキンさん（俺のハンドルネーム）。横浜の夜景綺麗ですね～。こんな幻想的な夜景は今まで見たことがありません。私は前からスナフキンさんの大ファンで、どれもこれもすごい写真ばかりですよね。見ているだけで癒されます」とあった。

俺は「ありがとうございます。デジタルだからですよ。いろんなモードで編集できますから。よかったらこっちのホームページに夜景専門で載せていますから見てくださいね」

と言ってサイトの名前を教えて返事した。

ホームページに連絡先を載せていたので、暫くするとそこへメールが来た。

「すごいですね～、やっぱりプロは違いますすね」と来たので、こっちのサイトでは写真も売っていますのでと商売も忘れなかった。

この女性とは数十回に及ぶメールのやりとりをした。ホテルで一人暇を持て余していたので、ちょうどいいやと思った。

だんだんプライベートや、ちょっと突っ込んだ話までするようになった。相手も相当暇みたいだった。

その女性は横浜の戸塚というところに住む四十一歳のあけ美という人で、中学生の年子の息子が二人いるという。

旦那は開業医だとも言っていた。ネットの世界は虚飾の世界だから、「ふ～んまたか」と思った。もしそれが本当で、進展すれば確定だなと思っていた。

今まで知り合った女性のBEST3は二位が元スッチー、一位は同率で社長婦人と医者の奥さん。まぁ、そもそも一般人はあまり相手にしないから。

半信半疑だったが、どうせ暇だし、バーチャルな仮想空間で遊んでやろうと思い、写メを送ってもらった。昔のアイドルの石野真子に雰囲気が似た、上品そうな奥さんだった。

「最近目じりのシワが気になっているんですよ」というので、「綺麗ですね」とカメラマンが誰にでも言うお世辞を返した。「まったく気にすることはありませんよ。全然目立たないし、それは笑顔の時に出る幸せジワなんで、いいことじゃないですか」

「幸せジワかぁ……お上手ですね。さっきのSNSには綺麗な人がいろんなお花の前でたくさん載っていますが、みなさんモデルさんですか？」

「いえ、みなさん貴女と同じような普通の主婦や一般人ですよ、と答え「貴女もこんな風にいつでも綺麗に撮りますよ」

「じゃあ、そのうちお願いしようかしら」

そのうちお願いしようかしら、という台詞は何十回も聞いた、そんな人に限って来た例《ためし》はない。

「いつかは」「そのうち」「もう少し痩せたら」こういう女は絶対ダメである。

まぁ、いい暇つぶしになったかなと思った。

次の日はヘリで昼の部を撮った、こっちは楽勝で目を瞑っていても撮れる。すべての撮影が終わり、予備日でとっていた明日は何をしようかなと考えていた。

夕方六時頃部屋で寛いでいると、あけ美からメールが届いた。

「吉岡さん、お疲れ様。お仕事無事終わりましたか?」

今日は昼間の撮影と教えていたので、それにしても今日も暇つぶしにつきあわされるのかと思い、撮る気もない女は断ろうと思い、なんて言おうか迷っていた。

ちょっと無理難題を押し付けて「じゃあまた」と断ろうと思い、「今から会えませんか?」と返事した。

すると「子供たちの食事の支度を済ませたら出られますので、七時に山下公園の噴水の所まで車で行きます」と返ってきた。

俺は予想していなかった返事に思わず「エッ」と思い、(人妻なのに夜、出歩いて平気なんだ)と思いながらも会うことにした。

あけ美は約束の時間に真っ赤なシトロエンに乗ってやってきた。

初めて見たあけ美は写真どおりだったが、一五〇センチくらいの小柄で痩せた女で、真っ黄色のワンピースを着た、まるでバービー人形みたいな人だった。

この新車の匂いが残る外車といい、小柄な女といい、なんか青森の久美子と被るところがある。「私この辺慣れていないから仁史さん運転してくれる?」と言って助手席側へ移った。（もう、仁史さんかぁ〜）と思いながら俺はハンドルを握った。

俺はどこ行こうかということもなく、ナビを新横浜駅周辺に合わせた。ちょっとこの辺行ったことがないからと言いながら。

あけ美を待っている間、スマホで情報を得ていた。

車中でいろんな話をしたが、時々「えっ？」「えっ？」って何度も聞き直すので、家のこととか旦那のことが気がかりで、俺の言うことなど上の空なのかなと思っていた。

「旦那や子供は大丈夫なの？」

「主人は学会で京都に行っているから平気、子供たちはゲームに夢中で、ご飯だけ用意していれば大丈夫なの」

医者っていうのは本当かぁ〜と思い、「なんの先生なの？」って訊くと、歯科医師の開業医だと答えた。

新横浜駅前の国道の反対側を少し奥に入った所に立ち並ぶ、キラキラとネオンが眩しいラブホテル街、その一軒にいきなり車を滑り込ませた。

「ちょっと中でゆっくり話をしましょう」といっても、あけ美は無言で車を降りた、まるで覚悟をしていたかのように。

部屋に入りシャワーを浴びて、ベッドの上でガウンを脱がすと、小さな胸にくびれもないウエストと小ぶりなお尻、まるで小学生のようなカラダに、ここまで似ているのか～と思った。

普通ならとても欲情するようなカラダではなかったが、初モノの人妻というだけで十分俺のバズーカはフル勃起だった。

シックスナインで、この奥さんの一番搾りの蜜を啜った。

俺のペニスに驚愕し「すっご～い。大きすぎて奥まで咥えられないわ～」というあけ美に俺の一番搾りの肉汁を試飲させた。

暫くして、俺はベッドに寄りかかり、あけ美を脚の間に腹ばいにさせ、正面からこの奥さんの初エロ顔を見ながらしゃぶらせた。

俺はあけ美が左耳にイヤホンのようなモノをしているのに気づき「何、これ？」と訊くと、「私、こっちの耳に障害があり、これは補聴器なの」と答えた。これがないとまったく聞こえないらしい。

ベッドで話をしても「えっ？」とよく訊き直す。

俺はだから車の中でも「えっ？」「えっ？」って言っていたのかぁ～と思った。

十分しゃぶらせた俺がいつものように「食べてもいい～おくさん～」って訊いても、また「えっ?」。

調子狂っちゃうな～と思いながら、初モノのこの女の見たこともない医者の旦那に語りかけるように（旦那さん、今から奥さんの下の口の歯石を綺麗にしますからね、この極太のカリというヘラで歯石をこそぎ取りますからね、いいですよね～、旦那さんが取ってくれないって言うから俺が変わりに取ってあげますからね、いいですよね～旦那さ～ん）と心の中で語りかけてズブズブ～と入っていった。

あけ美は「あ～、すっご～い、きもちいい～すっごいよ、ひとしさ～ん」と喘ぎ声をあげ、俺の首に両手をギュ～と回し抱きつくように悶えている。暫く喘いでいたが、五分もすると、「あぅっ」……「あぅっ」……「あぅっ」と言いながらそのうち抱きついていた手をぶら～んと離し、全身の力が抜けたようにグデッとし、顔は目を瞑り口は半開きでピクリともしない。

俺はびっくりして、あけ美のほっぺを軽く叩いてみたが、なんの反応もない。死んでしまったのかと思い、胸に耳を当てて心臓の鼓動を聞いた。

「ドクッ、ドクッ」と正常に動いている。

息もちゃんとしていて、時折「う～、う～」と蚊が鳴くような呻き声が微かに聞こえる。

俺は気になってSEXどころではなくなり、「おい、あけ美、あけ美」とほっぺを何度も叩きながら少し大きな声で言うと、暫くして目を瞑ったまま「だ・い・じょう・ぶ～わたしはイクと～きを～うしな……ちゃう……の～」とか細い声で言うとまた気を失った。

青森の久美子みたいに、瘦せていてカラダの小さい女はイキやすいっていうのは知っていたが、絶頂を迎えた瞬間は声を張り上げ「イッくぅ～」と宣言してから普通イクもんだが、この女は宣言も、予兆も、前触れもなくいきなり気絶する。

この斬新な刺激というか、翌日もこのあけ美と早い時間からラブホで一日中ハメ合って、この気絶女をよく観察することにした。

挿入して五分くらいで「あ～、きもちいい～、すっご～い」から急に「あぅっ」……「あぅっ」となって気絶して、三十分しても目を覚まさない。

気を失っている時にハメようが指で弄くり回そうが、まったく目を覚まさない、どれくらいで目を覚ますのかよ～く観察してみたが、一時間経っても二時間経っても目を覚まさなかった。俺がかなり強くほっぺを叩くと、ようやく目覚めるといった感じだった。

たぶんほっとけば、朝までこのままだろうなと思った。

「いつもこうなるのか？」と訊くと、「旦那とはもう何年もないのでわからない」と答えた。本当のところはわからないが。

「でも彼氏がいた時は、こんなに毎回気を失ったりしなかった。たま〜にあったけど」

「気を失っている時はどんな気分なんだ？」

「なんか目の前を星が飛んで宇宙をさ迷っているような、カラダがふわ〜ってなってる」

今日あけ美はもう二回気絶したが、俺はまだイッていなかった。もっともっとこの初体験を楽しむためだ。気絶している間はハメてもまったく無反応なカラダと顔——まるで大人のオモチャだ。

そうダッチワイフとヤッている気分、前作で書いたが、昔後輩の久保川とホモ行為をした時、部屋にあったダッチワイフを興味本位で一回だけ使ってみたことがある。浮き輪みたいにフワフワして掴みどころがない不安定さと冷たさ、締まりのないオモチャのヴァギナに「なんじゃ、こりゃあ〜」と一回で飽きた。

だが目の前にいるこのダッチワイフは温もりがあり、しっかりと抱きしめ感もある。そしてヴァギナは普通に濡れて収縮している。

こっちのダッチワイフの方が何倍もいい。

酔っ払った女をホテルへ連れ込んで犯す犯罪者や、飲みに行って女の飲み物に睡眠導入剤を混入し眠らせて犯す犯罪者など、日々こんな連中がネットを賑わせているが、ヤツらもきっとこんなSEXを体験しているんだろうなと思った。

昔、俺の住む隣の県であったが、若い少年がヤリたい一心に住居へ忍び込み若奥さんの首を絞めて殺してから犯す、いわゆる屍姦もこんな感じかなと想像できる。

この日以来、あけ美は俺に入れ込んだ。

久美子と同じようにセレブのあけ美は、事あるごとに俺を横浜へと呼んだ。旦那と冷めているというのはどうやら本当らしい。

歯科助手の若い子がたくさんいる医院では旦那の愛人もいるとあけ美は言う。

学会だなんだと愛人とよく出張していて、海外にも連れていっていると。

本当だかどうだかわからないけど、旦那とSEXしたのは子供を作った時だけという。

最初こそ初めての経験に興奮しまくっていたが、さすが毎度のこととなると少し飽きてきた。ものの五分くらいで気を失い、その後俺は死人の中に射精しても、寝ている女の顔を見ながらオナニーをしているのと同じようなものだったから。

ちょっと飽きていた俺は、悪戯して遊ぶことにした。

まず第一弾として、気を失ったらお湯を溜めた洗面器と髭剃りを風呂場から持ってきて、アソコの毛を全部綺麗に剃ってツルッツルにした。昔出会ったなかにも何人かいたパイパン女。懐かしいような、また小学生のような貧相なカラダにツルッツルのマ○コ、完全にロリっていたな。

目を覚まして自分のツルッツルのマ○コを見たあけ美は「ギョェ〜」って驚いていた。

そして「も〜生えはじめがチクチクするんだよ〜」って笑って言う。

俺に剃られても怒らないところを見ると、どうやら旦那とはないっていうのは本当みたいだ。

だがこれもすぐに飽きた俺は、第二弾として、昔観たAVを実践してみたくなった。

それはSEXの最中、フル勃起してハメながらヴァギナの中で小便をするっていうやつ。なんだかんだやって見事にそのAV男優はやってのけた。ビンビンのペニスを入れながらヴァギナの隙間から、ジョロジョロ〜と流れ出してきて、女は「温か〜い」と喜んでいた。

俺もレッツトライ〜と叫んで、目の前の気絶している女を犯しながら、フル勃起中動きをとめ、キバッてみた。が……出ない。

男ならみんなわかってもらえると思うが。勃起中は小便が出ないのだ。射精した直後も相当キバらないと小便はなかなか出ない。

日を改めてリトライしたが、やはり失敗に終わった。みんなもやってみるといい。だが「念ずれば通ず」じゃないけど三回目でやっと成功した。なま温か〜い小便が纏わりながら竿を伝い、玉袋のほうにジョボジョボとまるで白糸の滝のように流れていく。「ウヒョ〜」って叫んだ。俺の温かいアンモニア液で膣内洗浄をされてもあけ美はピクリともしない。つまんね〜女。

殺されかけた人妻

その後も俺はこのダッチワイフをいろいろ楽しませてもらった。

ワンボックスカーをレンタルしてあけ美と泊まりで京都旅行した。高速のサービスエリアで後ろのシートをフルフラットにし、カーテンをしっかり閉めてSEXした。いつものように俺にイカされたあけ美は、素っ裸で頭を運転席側に向けて仰向けに気絶し、両膝を立てた脚は大きく開いている。そして死んだようにピクリともしない。

俺はそのままサービスエリアを出ると車を走らせた。カーテンをしっかり閉めているので周りからは一切見えないが、もしここでカーテンを全開にしたらどうなるだろう。後ろや横を走っている高い位置にあるトラックの運転手やバスの乗客が見たら驚いて「ギョッ」とするのは間違いない、目の前の車の中に大きく脚を広げて真っ裸で寝ている物体、まさか人間とは誰も思わないだろう、マネキンか何かだと、下手をすれば事故に繋がりかねない。

それを想像しただけで、このありえない体験に俺の脳髄は汁を垂らしている。

死体を乗せた霊柩車は次のサービスエリアまで走り続けた。

この女は青森の久美子以上に金遣いの荒い女だった。

隔月で俺が横浜に行ったり、あけ美が福岡へ来たりするたびに高級なホテルへ泊まり、高級なステーキや寿司や鰻といった豪勢な食事もすべて黒いカードで払っていた。

松田聖子の一人何十万もするディナーショーにもつきあわされ、俺のほんの三メートルくらい前には、あらゆる施術で潤いをキープしている卵肌の昔のアイドルが立っている。

聖子ちゃん好きも久美子と同じで、似たもの同士だなと思った。

豪華な豪邸に住み、有名な私立校に通う息子たち、月の食費のみで六十万くらい使うと自慢している。

旦那の実家は大金持ちで、他の兄弟たちも皆医者で大きな大学病院の教授もいるという。

旅先であけ美が突然、こう言った。

「私はお金なんて要らないの、母が亡くなったらマンションが安くても四千万で売れるから、全部ヒトシにあげる」と。

驚いた俺が「ハァ～？　何言ってるんだよ。そんなことできるわけないだろ。お前の旦那や親戚もいっぱいいるだろうが」と言うと、「私の姉は他にある土地をもらい、私はマンションをもらうことになっているの。それに旦那の実家は大金持ちだから、私の実家のちっぽけな財産なんて興味ないわ」と。

「だから私には必要ないから四千万円、全部ヒトシにあげる」と再び言った。

俺はよっぽど今の発言をスマホで録画しようかと思ったが、そんなの効力はないだろうし、贈与の契約書みたいな書類があるのかないのかわからないし、それなら俺がこの女に四千万貸したことにして、借用書にハンコ押してくれと言っても、俺にゾッコンの今なら絶対押すかもなと頭の隅で一瞬思った。

だが「フン、アホらしい、この女も俺を手放したくないがために勢いで言っているだけだと思い、「ハイハイ、その時はよろしく」と言い、私の母が亡くなったらだぁ～、それは何年先、イヤ、何十年先だよと思った。

俺はある日、あけ美に耳のことを訊いてみた。「昔からなの?」と。

すると「これのことは誰も知らない。旦那も子供たちも、普段は髪の毛で隠しているから」と答えた。

家族も知らない? そんなこと可能なのかと思った。

そして次の瞬間、信じられない言葉を発した。

「私、殺されかけたの」

唐突に何を言い出すんだこの女——と思い、「エッ?」としか言えなかった。

するとあけ美が話しはじめた。

「前の彼氏(正確には前の前の彼氏)とは二年くらいつきあっていた、行きつけの美容院に勤めていたカリスマ美容師で、その彼と男女の関係になるのにそんなに時間はかからなかった。(うん、それは俺も知っている、と思った)そのうち店の近くにヤリ部屋のアパートを借りて、毎日のようにそこでSEXをしていた。彼はいつか独立して自分の店を持つのが夢だった」

――ここまではよくある話だと思った。

「そんな時、同じように彼を気に入っているちょっとセレブな女性がいて、どうせなら二人で彼を援助して開店準備金を五百万ずつ出してあげようとなったの。彼はものすごく喜んで店を辞め店舗を探し、スタッフにも声をかけ、すっかりその気でいたの。

ところがイザとなったら、その女性は夫に問い詰められ、お金を出せなくなったの。彼は約束が違うと怒って、その女性の家に行ってトラブルになって、逆上した彼は旦那さんにも怪我をさせて警察沙汰になったの。それで私にその女性の分も出してくれって迫り、一千万も出せないわよと言うと、興奮して私をそのヤリ部屋で投げ飛ばしたの、その時テレビ台の角に耳から激突し大怪我を負ったの。

私は血まみれになって病院に駆け込んで治療を受けたけど、その病院の先生から手術をしないと障害が残るかも知れないから、手術をしましょうと言われたけど、夫の承諾が必要で、それは夫に言えないので手術を受けなかったらこうなったの――」

俺はこの話を聞いてこう思った。

所々矛盾だらけの話だが、この女も金にモノを言わせて男を引き止めるタイプだ。その男に怪我をさせられたことは事実だろう。

もう一人のセレブな女……これはウソだな。

俺に四千万あげるという女なら、一千万あげるなんて言葉、容易に口から出るだろう。

そのセレブの家で旦那とトラブルになって……これもウソだろう。

本当は自分の旦那が怪我をさせられたのかもしれない。いつかあけ美が言っていた。旦那に「好きなことしていいけど大人のルールは守ってくれ」と言われたと。

旦那の承諾がないと手術ができない？　そんなバカな。母親に頼めばいいことだ。

女ってみんな自分に都合のいいように話を作る。だからツジツマが合わず、ほころびがいっぱい出てくる。

その話を聞いて、俺にあげるという四千万円の話を俺が本当に信じたら、またこの女は同じことを繰り返すだろう。

人間の本質は変わらない。同じことを何度も繰り返すバカな生き物だ。

その後も元彼の話は続いた。

警察沙汰になってわかったが、彼は美容師の免許を持たないモグリだったと、その後彼を雇う店はどこにもなかったと。

俺はそんなこと、ありうるのかと思った。

こないだ町田で偶然彼を見かけたという。

「お気に入りの背中に龍の刺繍が入ったスカジャンを着て、よれよれの恰好で髪もボサボサで虚ろな目をしてしゃがみ込んでいた。私はとっさに隠れて見つかんなかったけど」と。

更に「私のすべてを知っている親友が、こんな身体にされたのだから彼を訴えようよと言ってくれたが、訴えたところで彼にはもう何もないから諦めた」と。

その話を聞いた時点で、俺の中でこの女の言うことは信用性ゼロに近かった。

この女といつまで続くかわからないが、その間俺を楽しませていい気持ちにさせてくれれば十分だと思っていた。

だが暫くして、神奈川県の相模原で仕事があり、終えて隣の町田のヨドバシカメラでカメラの機材を買い、駅前の喫煙所でタバコを吸っていると、髪がボサボサの一人の若者が近づいてきて、俺を見ると一言も話さず人差し指と中指を口元で前後している。俺はタバコを恵んでくれと言いたいんだなと思い、一本差し出しライターで火を点けると、ペコッと頭を下げ向こうを向いて吸いはじめた。

俺はその様子をボ~っと見ながら、ホームレスにしては若いな~と思いながら、その男が着ているよれよれのジャンパーの背中の龍の刺繍に目が留まった。

あれっ？　もしかして……と思った。

あけ美が言っていた容姿や風貌と一致する。

この話だけは本当だったのか～と思った。

俺はタバコを吸い終わり、まだ半分以上入っているタバコの箱をすれ違いざまに渡すと、
その男は虚ろな目で俺を見て、またペコッと頭を下げた。

三十八度線を越えた女

その男にタバコを渡したのは、信じていた女に裏切られて夢を諦めた男に対する哀れみや同情からではなく、まだまだ若いし、これからいくらでもリセットできるぜという思いからだった。

それから暫くしてあけ美が福岡に来たので、二人で長崎に遊びに行った。

長崎の入り江沿いに広がる三大夜景のひとつの百万ドルの夜景を、ホテルのでかい窓から眺めながらハメ合った。

ベッドの中で、あけ美が昔話をはじめた。

私は若い頃ラジオのパーソナリティーをしていてファンも多くモテた、と。

旦那はその時のファンの一人で、医大生で目立たず、引っ込み思案で顔にもブツブツがいっぱいあるような男だった、と。

なんでそんな男と結婚したのか訊くと、将来開業医になることは決まっていたし、実家も大金持ちだったからと……やっぱり金かと思った。

結婚したら男の子を二人は欲しいと言われ、もしそうなったら、あとは好きにしていいと言われたと。

それからこんなことも言っていた。

「旦那の父親は朝鮮人で旦那はハーフ、子供たちはクォーターなの。でもそのことは旦那の親と旦那の兄弟と私しか知らない秘密で、この先も子供たちにも絶対知られないようにしなければならないの」と。

昔の会社の俺の同期にも一人いた。秘密にしていたが、上司がついポロッって言ってしまったことがある。

未だに朝鮮に対し日本人は差別や偏見の目で見る傾向がある。韓国も同じ朝鮮なのにおかしな話だ。

とにかくこの日本で生きていくには百害あって一利なしだからだろう。

でも、知られないようにと言っても戸籍を見ればわかるんじゃないのって思ったけど、旦那の子供の頃って随分昔だ。ネットもろくにない時代、金の力で役人に袖の下を使えばどうにでもなる時代だったのかも知れない。

しかしこの女、なぜこんなことを俺に話すんだ?

もし俺が極悪非道のやくざなら、この弱みで十分脅せる。横浜の一等地に土地をかなり持っているという金持ちから「億」という金を脅し取るには十分な材料だと俺は思った。

この話が本当ならだけど、でもこの女もまったく関係のない突拍子もない話をするわけもないし、この話は本当なんだろうと思った。

でもあけ美よ、そんなとんでもない秘密を、いくら今俺にゾッコンで心を奪われているかも知れないが、それは他人に言っちゃあダメだ。

その北緯三十八度線は越えちゃあダメだ。

そして俺は話題を変えた。

怪我をさせられた男と別れて二年。それから俺に出会うまでの間、この女に男の影がないわけがないと思った俺は訊いてみた。

「俺とつきあう前は、どんな男とつきあってたの?」

「そんな人いないわよ」

「俺は気にしないから全部正直に言ってみな」

「ブログでやりとりしていた人は何人かいるけど……」ポツリポツリ話しはじめた。「貧乏な人がいて、明日食べる物もないって言うから、なんか送ってあげたりした」と。

相変わらずツジツマが合わず矛盾だらけだ。

「その男はどんな人?」と訊ねると、「自分より十歳若い大阪の子で〝カプリコ〟とか名乗っていて……」……ドンドン俺にほころびを突っつかれ白状していく女。

結局俺と知り合う一ヶ月前までつきあっていたと。やりとりがはじまって会うようになり、十歳も年上のSEXでその小僧を夢中にさせ(イヤ夢中になったのはあけ美の方?)、パソコンやいろいろ買ってやって貢いであげたと。

「なんで別れた?」と訊くと「許せない裏切りがあったから」と答えた。

俺はゾックゾクしながら「何? 何?」と訊いた。

ある時東京お台場にあるホテルでガンダムのプレミア限定の部屋があった。部屋の中はガンダムファンがヨダレを流すような造りで、大人気でなかなか予約が取れないが、もし取れたら一緒に泊まりたいと言うので、昼間仕事のカプリコに代わってあけ美が昼も夜もPCと電話の前で何時間も頑張ったと。ある日たまたまキャンセルが出て取ることができて、二人で大喜びしてお金を振り込んで、その日をワクワクしながら待ったと。

だが二日くらい前になって〝カプリコ〟が、「友達に大ファンがいて、今回はその友達と泊まっていいかな〜、次は絶対あけ美と泊まるから」と言ってきたので、彼氏がそこまで言うならと友達に譲ってあげたと。

後日彼のブログにたくさんの写真がアップされていて、楽しんでもらえてよかったと思っていたが、何日かしてからたまたま彼のブログをフォローしている若い女のブログを覗いたら、そこには彼と同じような写真がアップされていて「泊まってきました〜」って。

日付を見たら、まさしくあけ美が予約した日だったと、彼を問い詰めたら白状したと。

俺はそれを聞いて、このおバカな女より、あっちのおバカなアムロ男に同情した。

もっとうまくやれば、もう少し美味しい思いができたのに。

だるまさんがころんだ

初夏が近づいてきたある日、あけ美と北海道旅行を楽しんだ。

富良野の広大なラベンダー畑や美瑛の麦畑やジャガイモの花畑などが、鮮やかなパッチワークの丘となり、感動的な風景が広がっていた。他にも青い池など楽しみ、また越えてもいい北緯四十五度線を越えて稚内にも行った。

二日目に宿泊したのは十勝岳麓の白金温泉の豪華なホテルで、俺がいつも定宿としている一泊六千円とは大違いだ。

今の時代、内陸だろうが関係なくピチピチの新鮮な魚介類や、北の大地で育った野菜などなんでも揃っており、どれもこれもメッチャ旨い。

夜はピチピチ新鮮ではなく、すぐに死んでしまう魚のように、グッタリと気絶している女をそのままにしてホテルを出ると、俺は車を走らせた。

三十分くらいで旭川の市街地にある二十四時間営業のスーパーの駐車場に車を停めた。

すると俺の横に停まっていた車から降りたその女は俺の車の助手席に乗り込んできた。

俺はその女の肩を引き寄せると「久しぶり、幸子」と言って、ディープキスをした。

すぐに車を出すと、旭川に数件しかないラブホテルへ車を滑り込ませた。

俺は幸子に「今日は会社の同僚と来ていて明日には札幌に行かなければならず、時間がないけど夜なら二時間くらいは抜け出せるけど会えるかい？」と連絡を入れていた。

この時は幸子の新しい彼氏が初めて旭川に来るちょっと前くらいの頃だった。

俺はシャワーも浴びないで、いきなり幸子にしゃぶらせた。ＳＥＸの途中のあけ美の汁がついたペニスを幸子にしゃぶらせている。

そして幸子と二時間、たっぷりとナマＳＥＸを楽しんだ。

「あ～なんていう達成感、最高だ～」

幸子の汁にあけ美の汁を継ぎ足し、これも初体験で俺の中のＨｙｄｅは脳髄からダクダクと継ぎ足し汁がヨダレとなり溢れている。

存分に楽しみ幸子をイカせて頂点に達した俺は「冬会った時より夏痩せした？」って感じのお腹の上に「ドバ～ッ」っとぶっかけた。その後余韻もソコソコに、ホテルに帰ってから温泉に入るからと言ってシャワーも浴びずに服を着た。

「忙しなくてゴメンな、また来るから、その時はゆっくり楽しもうな」

そう言って幸子と別れた。

再びあけ美が待つホテルへ車を走らせながら、もうかれこれ約三時間、あけ美はまだ気を失っているか目覚めているか、こんな長い時間観察したことがなかったので、これはある意味、俺にとっては賭けだった。

ハンドルを握りながらワクワク、ドキドキ、ニタニタがとまらない。

「だ～るまさんが、こ～ろんだ」って俺はまだ言っているので動かず、じっとしているはず。

ホテルへ着いて部屋へ入ると、出ていった時のまま時間がとまっていた。

あけ美は微動だにしなかった。夏だし空調も効いているからと、毛布や掛け布団もかけずにすっぽんぽんのまま放置した女、まるで死体のようで、ある意味少し不気味だった。

服を脱ぐと早速、今度はあけ美の汁に幸子の汁の補充をはじめた。汁を混ぜ合わせる前に味見をしてもらおう。

そんな汁でベタベタしている俺のスリコギ棒を、あけ美の半開きの唇に塗りたくった。

口の中に突っ込もうかと思ったが、それはやめた。意識のない女の口の中にいきなり突っ込んで、びっくりして噛み千切られたらたまったもんじゃないから。

そして空調で三時間も除湿していたヴァギナは少し乾き気味だったので唾で濡らし、

さっき射精したばかりだったが、この初体験の経験で興奮しまくり、血管を浮かべてビンビンに復活したペニスを突っ込んだ。こんなに味が染みていて、今まで味わったことのない初めての味付けに感動した俺のマグナムは、活火山のように何発もドロドロした溶岩をあけ美の中で大噴火を繰り返した。

俺はこの女を利用したこれ以上にワクワクする悪巧みはもうないなと俺は思った。

私の前世は淫乱なお姫様

つきあいはじめて一年を過ぎた頃、あけ美はまたでかいことを言いはじめた。

「仁史、車を買ってあげる」と。

俺が今乗っているちょっと古い車を見てそう言った。

俺はこの女の悪い病気がまた出たな、と思った。

「欲しい車はあるの？」

「そうだな～やっぱＢＭＷかな～」

「いくらくらいするの？」と訊くので「一番安いグレードで、大体一千万くらいじゃね～

の」と言ってやった。

お前が怪我をさせられた男に出すはずだった金額と同額と聞いて、なんて言うかな？　するとと「そう、でも今一千万はすぐに用意できないから、車のローンを組んでよ、私が毎月払うから」という。

俺は「でたっ」と思った。女の常套手段。

「私の専属カメラマンになって。月々払うから」と言われ、信じて会社を辞めた。僅か三年くらいで「もう払えない」と言われ、途方に暮れた（暮れちゃあ、いないけど）。

この苦い経験から俺は「イヤ、ないない、俺が一千万ものローンを組んで、あけ美から月々数回もらったところで『もう、や～めた』と言われたら、俺に残るのはその価値もなくなった車と多額な借金だけだよ」と言った。

確かに数万円の金ぐらいは出し惜しみせず、いい思いもさせてもらったが、時々、一千万や四千万クラスの「大ボラ」を吹いて男を狂わす女。

少し呆れていた俺が「あけ美、お前はそういうでかいことを言って、男をその気にさせといて、結局約束は果たせず奈落の底へ突き落とし、恨みを買って男からそういう身体にされたんだろ？　もうそういう思ってもいない『ホラ』を吹くのはやめな」と言うと、

「ホラじゃないもん」と言った。

そういうことがあって、一ヶ月後くらいに会った時。ホテルの部屋に入ると、あけ美が「ハイ、これ」と言って、ちょっと膨らんだ紙袋を俺に渡した。

中を見ると五百万入っていた。

「なんの金？」と訊くと、「車、買ってあげるって言ってたでしょう。今すぐ用意できるのはそれだけ。あとは月々あげるから、車の頭金にして」という。

それを聞いた俺は「だから～言っただろ、そういうのはイヤだって」と言った。

俺にホラ扱いされたのがよっぽど悔しかったのだろう。

「わかった、そのお金は仁史にあげる、それにこれからも毎月お小遣いもあげる、それで貯まったら車買えばいいでしょ」という。

「俺はあけ美からお金を借りているんじゃないよな、借金とかそういうのイヤだから」

「貸しているわけじゃないよ、そのお金はあげる。仁史にあげるよ」

「返さなくてもいいんだな」と念を押すと、「そうよ」と言った。

恋愛関係にあろうと、金のことはちゃんとしておかないと。

よっぽど一筆書かせるか、動画で残そうかと思ったが、口座のやりとりで履歴が残っているわけじゃないし「いいか」と思った。

イケメン風の男がシングルマザーに結婚を匂わせて金を騙し取ったり、またその逆も同じで四十も過ぎた冴えない男が「なんでこんなデブでブスに？」って思うような女に、SEXの誘惑で手玉に取られ金を騙し取られたりのテレビ番組がよくある。最終的には弁護士や探偵が出てきて会議室に連れていかれ、借りたお金は月々返します……と観念するのだが。

できればその後返したのかどうかをテレビでやってもらいたいものだ。

俺もそうならないために、ちゃんと確認しておかなければ。

結局そのお金はもらい、金が貯まるまでは車は買わないと言った。

それに今の車は結構気に入っているからだ。

そんなことがあって、それから三ヶ月くらいしたら、このあけ美とは別れた。

俺から言い出したのではなく、あっちから一方的に言ってきた。

最近うすうす感じていたが、あけ美のブログへ来るあるフォロワーと親しげにコメントをやりとりするようになり、メッセージもよくもらうと言っていた。

そのうちあけ美から、会いたいと頻繁に言ってこなくなったし、LINEの数も少なくなった。

そしてある日「もう、や～めた」と言ってきた。

俺は今まで楽しませてくれてありがとうと返信した。

更に、最後にこれだけは忠告させてくれと言った。

あけ美は以前、「私の前世は淫乱なお姫様。だから常に傍に男がいないとダメな女なんだ」と笑っていたが、俺もそう思う。これからもお前の上を次から次へと男が通り過ぎていくだろう。だが次の三つだけは絶対に言うんじゃない。
一、旦那が医者とか金持ちとか言うな。
二、何千万あげるとか言うな。
三、旦那や子供の血に朝鮮人が混ざっているとか絶対に言うな。
それでもついてくる男は本物だろう。

「俺の忠告を守らないと、今度こそ本当に殺されてしまうかも知れないぞ」と最後のＬＩＮＥを送って、俺はあけ美と別れた。

雌鶏《めんどり》の雄叫び

俺のＳＮＳにメッセージが入った。

「素敵な写真集ですね。私ももうすぐ三十歳です。二十代の最後に私もこんな風に撮ってもらいたいです」

それは名古屋に住む二十九歳のめぐみという女性だった。

彼女は雅美のドレス姿のスタジオの写真集や、他の女性の一年を通して撮ったロケーションフォトの写真集を見て来てくれた。

どんな感じで撮ってもらいたいか、料金はどれぐらいか、最近京都で見つけた素敵なスタジオの室内の様子を画像で送り、写メの中の彼女からイメージするシチュエーションを考えながら提案した。

「今、京都は紅葉がすごく綺麗です。一日目はこのスタジオで、二日目は紅葉をバックに寺院で撮るのはどうですか？」

「それ、いいですね～」

「二泊三日の予定で大丈夫ですか。この紅葉のシーズン京都のホテルはどこも満杯です。

僕の定宿のツインでよければありますが、そちらで取れるなら探してみてください」

「それでOKです」

更に「めぐみさん、せっかく若い二十代です、記念に三十歳になる前にこういう芸術を撮ってみませんか」と言って、雅美が仁史の役に立つなら私の写真（ヌード）を宣伝に使ってもいいよと言ってくれていたので、お気に入りの二枚を添付メールで送った。

するとめぐみは「うわ〜すごく素敵です、まったくいやらしくなく、芸術ですね〜、でも、ちょっと勇気がいりますね」と来たので、「二十代のキラキラと輝いている貴女はもう二度と帰ってきません、『一生の宝物』として残しておいたほうがいいですよ。気が向いたらでいいですので考えてみてください、とりあえずさっきのスケジュールでいいですか？」と送ったら「お願いします」と返信があった。

約束の日、俺は新幹線で京都へ向かった。

京都駅近くの伊勢丹で真っ赤な薔薇を五本買った（一本八百円もする高っけ〜の）。

京都駅で待ち合わせをし、駅地下のレストランで夕食を済ませ、俺の定宿のホテルへ向かった。

初めて見るめぐみは若くてとても可愛く、笑うと幼く、黙っていると大人っぽく見え、表情豊かな彼女はモデルとしては最高の被写体だった。

俺の定宿は昔からある古めかしい、ホテルというより、どちらかというと旅館っぽく、よく修学旅行生が利用していた。

部屋は和室の十畳ほどの広さで、飾りっけもない無機質な白い壁に囲まれた箱のような部屋で、この造りが簡易スタジオのセッティングに適していた。

さっき食事をしながらヌードの話になった時、「まだ迷っている」と言うので、この簡易スタジオの話をして、今夜少し試してみてイヤならやめればいいよ」と言うと、「わかりました」と返事はもらっていた。

「このホテルには大きなお風呂があるから、下着の線を消したいから、メイクや髪は濡らさないように入ってきて」と言い、俺は簡易スタジオのセッティングにとりかかった。事前にこのホテルへ送っていた黒と白の背景紙を長い大きな筒から取り出すと、無機質な壁に貼り付けていった。

浴衣姿のめぐみが部屋に入ってきた時、この部屋の様変わりに驚いていた。

壁から垂れ下がる黒と白の二種類の背景紙の長いロール紙、真ん中に大きな傘のストロボと周辺の照明機材、そして大きな三脚にセットされた本格的な大型一眼レフカメラ、部屋の明かりを消し、柔らかい照明が背景紙を照らし、それは立派なスタジオへと変貌していたからだ。

「うわ〜、本格的〜」と驚いているめぐみに、「ちょっと脱いでそこに立ってみて」と言うと、さっきまでまだ迷いがあったが、このセットを見て覚悟を決めたのか、浴衣を脱ぐと素っ裸で背景紙の真ん中に立ってこっちを向いた。

柔らかい光に照らされためぐみは想像通りにスタイルが良く、二十代のピチピチした若い肌は艶とハリがあり、バストはDカップほどでツンと前へ張り出し、程よい色と形の乳輪と乳首をしていた。くびれたウエストから理想的なヒップにかけても弛みや贅肉は一切なく、シミひとつない綺麗な肌に整えられたアンダーヘアー、まさに完璧だった。

俺はこのカラダを見て、めぐみは自信があったが、きっかけというかちょっとした一歩を踏み出す勇気がなく、そこで俺がこうやって背中を軽くポンって押してやることで覚悟が決まったのだと思った。

「じゃあ最初はウォーミングアップだからリラックスしてね」

初めてのヌード撮影でどうしていいかわからず、ただボ〜っと立っているめぐみを、今度は脚を少し交差させカラダは半身右で、両手を頭の後ろに添えて胸を張り、アゴを少し上げて目線はあっちの角を見て……とか、いろいろ指示しながら少しずつ撮っていった。

最初はカチカチだっためぐみは、徐々に硬さもとれ、笑顔も出るようになってきた。

その都度モニターで見せてあげると、「うわ～、すご～い、私じゃないみたい」と感激し、だんだんと慣れてきたのか、俺の言う通り大胆なポーズも自然にこなすようになっていった。

当然のことだが、アワビやナマコの口のようなアナルも丸見えだ。それを足のかかとや腕などで自然な角度で写り込まないように微調整をしながら撮っていく。

もし映り込んだら見せる前に消去だ。恥ずかしがったら、もういい写真は撮れない。

背景が黒や白のヌードはこれくらいでいいかと思った俺は、明日の夜はちょっと違った構図で撮りたいのがあるから、セッティングはこのままにしておくと言った。毎度のことなのでホテルの人には事前に了承は得ていた。

少し片付けて布団を二つ中央に敷いて、風呂上がりに二人で軽く寝酒をして寝た。

俺は女ならだれかれとなく寝るわけじゃない。

芸術作品はＳＥＸ以上に達成感や満足感がある。初日としてはいいモノが撮れた。本番の明日は今日以上のモノを撮る。それを撮るまでは大事な商品に手は出さない。

次の日は十一時からスタジオで撮影の予定だったので、朝の九時頃に毎回お願いしているサロンへ行き、めぐみのヘアメイクをしてもらった。めぐみは聞いていなかったのでちょっとビックリしていたが、その出来栄えにすごく感激していた。

「一生の記念だから、本格的に撮ろう」と言った。もちろんココは俺持ちだ。

スタジオは飾られているたくさんの銀製品や、壁に掛かっている遠近法を用いた「だまし絵」や、天井から吊り下がる豪華なシャンデリアなど、まるでベルサイユ宮殿の鏡の間を模したような造りで、髪をアップにし貸衣装のドレスを纏ったためぐみは、まるでマリー・アントワネットのように美しく妖艶で煌びやかな女性に変身していた。

そして徐々に脱いでいき、昨日のリハーサルが功を奏し、その美しい全裸の背中から羽が生え、天に舞うエンジェルのような錯覚を覚えるほど、最高の芸術作品が次から次へとデジタルへと変換されていった。

ある程度撮ったところでモニターチェックするたびに「うわ～、いいね～これ～、スマホの待ち受けにする」と喜んでいる。

マリー・アントワネットが恋人のフェルセンへ、愛をしたためたラブレターを書いたのだろうと思わせるような、煌びやかな装飾を施した大きな机が部屋の真ん中にある。

その机に一糸纏わぬめぐみがこちらを向いて浅く腰掛け、脚を少し開き両手をアソコへ軽く添え、背筋を伸ばし凛としたその口元に真っ赤な薔薇を一輪咥えて、妖しい魔性の目つきで俺を見つめる、その一瞬を逃さない。

「くぅ〜、俺の脳髄が射精している〜」

スタジオの成果に大満足の俺は、ホテルまでの帰り道、嵐山公園に立ち寄り、奥まった人気のない所で、散ったばかりの紅葉（モミジ）の葉をごみ袋に拾い集めた。赤やオレンジ、黄色や緑といったグラデーションが綺麗で真新しそうな葉を袋一杯にすると、途中で夕食を済ませてからホテルへ帰った。

部屋に入ると黒い背景紙を畳一杯に広げ、その上に拾い集めたモミジの葉を、コントラストが綺麗になる配色で隙間なく散りばめていった。

事前に送っていた脚の高い脚立を二つ両脇に立てかけ、そこへ橋を架けると中央にカメラと照明をセッティングした。

用意が調うと、モミジの葉の上に全裸のめぐみを仰向けで寝かせた。

柔らかい照明に落とされた淡い光に浮かぶめぐみの顔は、まるで深い紅葉の森の中に迷い込み疲れ果てて寝てしまい、月明かりに照らされた森の魔女のように妖しい雰囲気を醸し出していた。

それはまるでルーブル美術館に飾られているポール・ドラローシュの「若き殉教者」のような、処女の生贄のような表情でカメラのレンズ越しに妖しく俺を誘惑する。

俺の目に犯され、俺のカメラに犯されためぐみのアソコは濡れていた。

見られている快感、撮られている快感がこの女の脳髄に汁を溢れさせたのだ。その少女から淑女へ、そして娼婦のように変化する顔の表情にゾックゾクした俺は、禁断のリンゴに触れてみた。

めぐみの横に腰を下ろした俺は右手でシャッターを切りながら、左手で寝そべるめぐみのうなじから胸元へ指を這わせた、めぐみは一言も発することなく、時々目を瞑りながら、時々半開きの唇を舌で濡らしながら妖艶な眼差しで俺を見つめている。

俺の指が乳房を駆け上り乳首の周りを優しく撫でると、やがて微かに「フゥ～フゥ～」と大きく胸で息をしながら興奮しだした。

俺の指はみぞおちからおへそを通り、ついに禁断のリンゴへ触れると、甘い蜜を垂れ流していた。

そしてカメラを置き、そのまま顔を近づけ軽くキスをすると、めぐみはそっと目を閉じた。めぐみはこの時自分も知らなかった「自分の魅力」を発掘してくれたカメラマン、その俺に対する絶対的な信頼に身も心も委ねているように見えた。

そんなめぐみの足元の方へ回り込むと、めぐみの脚を曲げて広げ禁断の蜜を啜った。

めぐみは俺の舌で舐められ、徐々にカラダを震わせながら喘ぎ声をあげ、「ハァ～ハァ～」と声を発し、俺の頭に両手を添えカラダをブルブルと震わせながら左右に揺らし、「ああ～いい～、きもちいい～、あ～」と喘いでいる。

「めぐみ、きもちいいか？」

「うん、きもちいい～よ、よしおかさん～」

「ひとしって言ってごらん」

「あ～、きもちいい～ひとし～」とまだ俺の指示通りに動いていた。

俺はめぐみに言ってみた。「SEXしようか」と。

するとめぐみは「ダメ～それだけはダメ」

「ちゃんとゴムするからさ、ダメか～」と俺に中指をヴァギナに挿入され親指でクリをニュルニュルと回され、悶えながらも「彼氏がいるからダメよ～」という。

「気持ちいいだろ？　入れたらもっと気持ちいいよ～」

「きもちいいけど~でも~」。

俺は部屋の片隅に折り畳んであった敷布団を広げ、目を瞑り恍惚の表情を浮かべて、快楽の余韻に浸っているめぐみのカラダの下へ手を差し入れ、持ち上げて静かに下ろした。

俺は服を脱ぎながらパンツを下げ、シックスナインの恰好になり、めぐみの両脚を持ちヴァギナに顔を埋め溢れる蜜を啜った。

俺が「しゃぶって」と言うと、「やったことがないからできない~」と言いながらカラダをねじって悶えているめぐみの手をペニスへ誘導した。

「じゃあ扱《しご》いて」と言うと、優しく扱きはじめた。

扱かれた俺のペニスはめぐみの目の前で、まるで京都タワーのようにそそり立った。それを見て「うわぁ~、すご~い、おっきい~」とまるで未知の地球外生物でも見るかのように驚き、喘ぎ声も徐々に大きくなっていった。

ピン立ちになったところで起き上がり、確かあったよなぁ~と思いながらバッグの中を探るとコンドームの箱を見つけ、中を見ると三個入っていた。

めぐみの脚を開いて膝を立たせると、その間に座り込んでゴムを装着した。蜜が溢れ出しニュルニュルしているクリを中心に、ペニスの先端でアソコの形に添って上下に擦ると一段と声を出し、カラダを捻りながら喘いでいる。

そのグッチョリとした蜜壷の中に俺のペニスの亀頭がニュルッと入った時、めぐみは力のない手で俺の腕を押さえながら「ダメ～、入れるのはダメだよ～」という。

「ゴム、ゴムしてるから大丈夫だよ」

「でも～」という言葉を無視して上に覆い被りながら、徐々に奥まで入れていく。

めぐみは俺の背中に両手を回しながら、俺の腰まで上げた両脚で凄い力で締め付けたり、カニバサミのように組んだり上下させながら悶え「あ～～いい～、あ～～、きもちいい～」とカラダを仰け反らせて喘いでいる。

若く弾力のある膣壁がネットリと絡みつきながら波打ち、収縮するたびに俺のペニスが奥へ奥へと引き込まれていく感覚。最高だ～最高に抱き心地がいい。

経験がまだ浅いという この若い女の締まり具合と、蜜壷から溢れる甘い蜜の匂い……重なりながらとろけてしまいそうだ。

俺は普段はめったにゴムはしない。いくら〇・〇二㎜の超極極に薄いゴムでも、その薄皮一枚あるかないかでまったく違う。まして超刺激の連続で俺の脳髄は完全に麻痺しており、ちょっとやそっとの刺激では俺のパラメータはまったく反応しない。

だが、この女の波打つ膣ヒダの触感はまるでダイレクトにその薄皮一枚をも浸潤し、俺の生ペニス側に直に伝達してきて、まったくゴムの違和感はなかった。

奥まで深く挿入すると白目を剥き、口からヨダレを垂らしながら悶え、自分の両手をヘソの辺りに置き「うわぁ～、ここまできてる～」と驚愕していた。

「どうだ、めぐみ気持ちいいか？」

「うん、うん、すっご～い、きもちいい～、こんなのはじめて～」と喘ぎまくっている。

俺は一旦ペニスを抜くと、めぐみの目の前にもっていった。

「ほら、ちゃんとゴムしてるからな、安心して楽しもう」

まるで厳島大鳥居や姫路城や日光東照宮の昭和・平成の大改修の時みたいに、周りをぐるっとシートに、イヤ、ゴムに包まれた俺の世界遺産は、Ｌサイズのゴムをもパッチ～ンと弾け破らんばかりにＭＡＸに膨張し聳え立っていた。

それを目の当たりにしためぐみは、「うわぁ～おっきい～、すごくおっきい～」と、ゴムの上からもハッキリとわかるカリの張り出しや、血管が飛び出るほど浮き出た男根を見つめながら目を見開き叫んだ。

「どう、彼氏と比べて？」

「ぜんぜん、ぜんぜん、おっきい〜、比べ物にならないよ〜こんなおっきいのはじめてみた〜」という最高の淫語で俺の中のHydeが悶えまくっていた。

その淫語で更にカマ首を持ち上げ、バズーカからグレードアップしたロケットランチャーを再びめぐみの蜜壷に深く挿入し、両手で持ち上げた両脚を俺の肩に掛けた。

そして強く突くと、めぐみは目を大きくひん剥き、いきなり口を大きく開けたかと思ったら、舌をベーって出した。それはアッカンベーをするみたいに、イヤそれ以上、人間の舌ってこんなにも長いのかとビックリするくらい。

もうこれ以上出ないところまで出し「あぁ〜〜〜」「あぁ〜〜〜」と叫び絶頂を迎えた。

ビックリするのと同時に、この初めてのイキ顔に俺の脳髄は破裂一歩手前だった。

昔AVで、女がイク瞬間に白目を剥いたり舌を出したりするシーンを観て、まったく大袈裟なヤラセもいいとこだなと思っていた。俺も実際多くの女をイカせ、白目を剥く女の意外と多いことを知ったが、舌を出して絶頂に達する女は初めてだった。

俺が幼少期、田舎のじいちゃん家は鶏を放し飼いでいっぱい飼っていた。祝い事などがあると、決まってじいちゃんはその鶏を家の横を流れる小川のような水路で捌いていた。怖かったのであまり見ないようにしていたが、ある日庭の鶏を一羽捕まえると、その場で首を捻った。バタバタと暴れる鶏の首をまるで雑巾を絞るように絞め上げると、鶏は目をひん剥き、思いっきり舌を出すと「グェー」と言って絶命した。

まさにめぐみが目をひん剥き舌を思いっきり出して、まるで雌鶏《めんどり》の雄叫びのように「あぁ〜〜〜」と叫んでイク瞬間を見てそれを思い出した。

俺も最高のＳＥＸに溺れ、これからいろんな体位を楽しもうと思っていたのに、「もうだめ〜もうイッちゃった〜、イッちゃったよ〜ひとし〜」という。

「もうイッちゃったの？」

「イッちゃった〜、さっきイッちゃったから、早くイッて〜」

「もうちょっと楽しもうよ」

「もう、何回もイッちゃったよ〜、初めてイッちゃったよ〜、だから早くイッて〜」

「じゃあイクからあとでまたしようね。コンドームあと二個あるから、あとでして、明日の朝もしようね」

「わかったから、早くイッて〜」

グテ〜ッと力が抜けその顔は天国の雲の上をフワフワと漂っていた。

「めぐみの中でイクからね。ちゃんとゴムしてるから、めぐみのオマ◯コの中で射精するよ〜」と俺が言うと、頭を少し上げて手と目でゴムを確認しためぐみは「いいよ〜早くイッて〜ひとし〜」と陶酔しきったような顔で言う。

俺はめぐみにディープキスをしながら、この二十代の若い女のヴァギナの中に五十過ぎの中年オヤジのドロドロした精液を怒涛の如く思いっきり流し込んだ。

抜くとめぐみはまた頭を起こし、ちゃんとゴムの中に出されていることを確認すると、安心したようにグッタリと余韻に浸っていた。

普通は一回満足するとそれで十分だが、風呂に入って二時間後くらいにまたSEXした。

めぐみを抱きながら訊く。

「またまたなめぐみを抱きたくなったらどうすればいい?」

「その時は名古屋まで来て私を抱いて……SEXに歳は関係ないんだね」

彼氏とは前々から別れようかなと思っていて、その踏ん切りをつける意味もあってヌード撮ってもいいかなと思っていたという。

翌日は六時に目が覚めたので、そのまま早朝からハメ合った。

この初イキ顔が、また俺の歴史の一ページに加わった。

この日は寺院とのロケーションフォト、この日ももちろん手を抜いたりはしない。俺のプロ意識に反するからだ。

紅葉寺としては俺の一番お気に入りの嵐山にある常寂光寺や、水路橋が絵になる左京区の南禅寺や、京都で一番スケールが大きくて紅葉のグラデーションが綺麗な永観堂で、アイドル顔負けに撮っていく。途中で小雨がぱらついたので、コンビニで透明のビニール傘を買った俺は、その傘に綺麗なモミジを二、三枚貼り付け、虹のようなグラデーションのモミジが広がる前で、その傘越しに撮ったりしていると、どこの観光地にもわんさかいるおじちゃん、おばちゃんカメラマンが「うわ～可愛い～。撮ってもいいかしら～」とどっと押し寄せ、そんなファンの前でめぐみはアイドル気分を味わっていた。

撮影も無事終わり、レンタカーを返して京都駅で別れた。

めぐみは東へ、俺は西へ。

「さっき、彼氏に別れのメールを送った」と言って、何か吹っ切れた顔をしていた。

彼氏と何があったか知らないが、俺にはどうでもいい話だった。

「じゃ、今度は名古屋でね」というめぐみと、俺は別れた。

今回の撮影で俺は雌鶏を三回ハダカにひん剥きサバいた。

その雌鶏は手羽先が美味い名古屋へと帰っていった。

懺悔の涙は甘い蜜の味がする

「ダイヤモンド富士が綺麗ですね、これは本栖湖からでしょうか」とＳＮＳにコメントが入った。

彼女のＳＮＳを見たら、どこかの湖で彼氏か旦那さんとルアー釣りやカヌー遊びなど、アウトドアの好きな三十代半ばと見られる女性が載っていた。

俺が「本栖湖からです。ルアー釣りは富士五湖ですか？」と返事をすると「そうです、河口湖です」と返信があった。

それがきっかけでコメントをやりとりするようになった。

夕日が湖面にキラキラと反射する逆光の中で釣りをしている彼女は、どことなく寂しげな表情に見えた。

暫くするとメールでのやりとりがはじまり、あの写真の寂しげな表情について訊くと、「え〜、そうですか〜逆光で顔がはっきり見えないからじゃないですか〜、笑」と返事があった。

その人は富士のすそ野にある富士宮に住む三十六歳の波美子という女性で、もうすぐ小学校に上がる息子がいるという、どことなく矢沢心に顔が似た可愛いママだった。

老人ホームで介護の仕事のパートをしており、旦那さんは甲府に勤める会社員だという。

俺のSNSを見ていると自分が全国を旅しているみたいだと言い、ここいいなぁ〜、行ってみたいな〜と言う。

「どれか気に入った写真ありましたか」

「このオレンジ色の空に浮かぶ富士山と、手前の江の島や湘南の海が夕日の乱反射でキラキラと黄金色に輝き、目の前に寂しげに咲き乱れている紫陽花の写真がすごく素敵で、ここに行ってみたいです」

俺がその画像の拡大版をメールで送ってあげたら、すごく喜んでいた。

バーチャルな世界で距離が縮まったのか、波美子からはその後頻繁にメールが来るようになった。俺が一人なんでいつでもいいですよと言うと、今夜は旦那が残業で遅いからとか、休日はゴルフに行ってるからとか、そのうち旦那の愚痴まで聞かされるようになった。

最近、旦那とぎくしゃくしているとか、喧嘩をしたわけじゃないのに何か距離があるとか、旦那とのアレがもう半年もないとか言う。

俺は人生相談じゃねえよ、と言いたかったが少し暇つぶしにつきあうことにした。

「何か思いあたるフシはないの？　貴女の浮気を疑っているとか、笑」

「あるわけないでしょう。旦那とは高校から一緒で初恋の人だったし、旦那しか知らないわ」

「じゃあ旦那の方は？　女の影とか？」

「いつも早い時間に帰ってくるし、休日はたまにゴルフ行くけど、会社の人が迎えに来るし、行かない日は子供と遊んでいる」

そのうち俺の忙しい時もこの「人生相談」のメールが来るので、ちょっとウザくなっていた。

写真を撮りませんかと言っても、恥ずかしいから無理と言うし、写真をたくさん買ってくれるわけでもないし。

何のメリットもない、定時連絡のようなメールのやりとりを、なんとかして終わらせようと思っていた。

また、あの手口を使うかと思っていた。

それは横浜のあけ美の時に使った手口で、あの時は予想に反した結果となったが、この普通の奥さんは、旦那が初恋で、旦那しか知らず、ＳＮＳには旦那さんと一緒の写真もいっぱい載せてラブラブって感じで、休日は家族でドライブやハイキング、キャンプといったアウトドアを楽しむ、旦那一筋の愛妻家ならぬ愛夫家なので効果覿面だと思った。

ある日俺は波美子にメールを送った。

「今度の日曜日横浜に行きます。午前中に用事は済むので、新幹線で『新富士』まで行きますから午後から会いませんか？」

旦那も子供もいる休日の昼下がり、普通の主婦が一人で出られるわけもないだろう。きっと「ごめんなさい」って来たら「わかりました、じゃ、またいつか」って送って終わりにしようと思っていた。

早速返事が来た。

「その日は大丈夫です、旦那は子供と実家に遊びに行くと言っていますので、何時にどこへ行けばいいですか？」

思わぬ返事におどろき……イヤイヤ。

これも想定内である。ここまではどっちに転ぶかは五分五分だった。

旦那になんて言ったんだろう？　女友達とお茶とかショッピングとかだろうと思いなが

らも、俺は次の一手を既に考えていた。

「時間が決まったら連絡します」と送り、そして暫く連絡しない。暫く間を空けることが大事だ。「自分も悩んだ挙句」と相手に思わせること。

日が経つにつれ「決まりましたか？」と来るが何回かは無視し、そして二日前くらいにこうメールした。

「波美子さん、ごめんなさい、やっぱり会うのはやめます。僕は波美子さんと会ったらとても平常心でいられなくなります。きっと貴女が欲しくなります。きっと貴女を抱きたくなります。だから会うのを諦めます」と。

人間には二通りの人間がいる。

上書き保存しかできないひと。

名前をつけていくらでも保存できるひと。

俺は完璧に後者だが、旦那一筋のこの奥さんは絶対に前者であると確信を持っていたし、そんな女と会ったところで何の期待も持てないと思っていた。

波美子から、すぐに返事が来た。

「覚悟はできています」

俺は、「えっ、なんで……いつの間に魔法がかかった?」と思った。

まさかあの「富士と江の島と紫陽花」が、波美子の中では「部屋とワイシャツと私」に変わってしまったのか……と思った。

約束の日、富士宮は知り合いが多いと言うので、東海道本線の富士という駅で待ち合わせをした。

初めて見た波美子は写真通りの若くて矢沢心に似た可愛いママさんだった。

中肉中背だったが、胸は服の上からも窺える巨乳だった。思った通りお淑やかで控えめな感じで笑うとエクボが可愛い人だった。

バーチャルな世界で距離が縮まっていたので初めて会ったような感覚がなく、軽く挨拶を交わすと、行き先も告げぬまま駅の北口に向かって歩き出した。

大きなビルやテナントが立ち並ぶ整備された南口とは違い、雑居ビルが多く昔からあるような小さな商店街を抜けたところにあるラブホテルへ入った。

「覚悟はできている」と言っていた波美子は躊躇することもなく俺についてきた。

俺は心の中で、「ひょっとしたら新記録?」って思っていた。初めて顔を合わせてからまだ十分あまり、もうホテルの部屋にいる。

シャワーを浴び、ガウンを脱がせると、そこにはヨダレを垂らさんばかりにエロチックなカラダをした三十六歳の人妻がいた。

Ｆカップだというそのオッパイはドーンと弾けんばかりに前へ突き出し、でかい割に垂れておらず、まるでカラダは真木ようこで顔は矢沢心って感じで、そそられる女だった。

早速横になり、この奥さんの味見をした。

優しいキスから、やがてお互いの舌を激しく絡ませディープキスをしながら、奥さんのうなじから首筋へと舌を這わせ、その巨乳に顔を埋めながら乳首を舐め回すと、やがて奥さんは喘ぎ声を上げ出した。

「ハァ～ハァ～」

両手で巨乳を揉みながら指で乳首をコリコリし、おへそからその下へ舌を這わせ、この奥さんのヴァギナへと到達すると、カラダを捩りながら両脚をガクガクと震わせ、「ああ～、ああ～」と声を張り上げ快楽の階段を一歩一歩駆け上がっていく。

奥さんのヴァギナからは止め処もなく甘い蜜が溢れている。旦那しか味わったことのない禁断の蜜を啜りながらクリを攻めると、もんどり打って脚を痙攣させている。

「気持ちいいかい？」

「あぁ～、きもちいい～」

そして俺はカラダの向きを変えると、奥さんをひっくり返して俺の上へ覆い被せ、シックスナインの恰好になった。奥さんは俺の腰に顔を落とし悶えている。

「しゃぶって」と言うと右手で俺のペニスを掴んで口に咥えるが、とまって喘いでいるので、「ちゃんとしゃぶって」と言うと頭を上下に動かしてしゃぶりはじめた。

半立ちだった俺のペニスは奥さんの口の中で膨張していき、旦那以外のペニスはフェラチオするのはおろか見るのも初めてという奥さんは、口から抜くと「すご～い、すっごいよ～」と旦那とは明らかに違う大きさに驚愕していた。

「すっご～い、おっきい～おっき～い」と言いながら特にカリの大きさに驚いている。

しこたま舐め合ったあとで聞いたが、旦那は勃起しても途中まで皮が被ったままで、カリの段差もまったくないという。

すみれと同じで浮気をしたこともなく、旦那に処女を捧げ、その後旦那のペニス一本しか知らない人妻に、いつものように「奥さん、食べてもいいの？　奥さんの中に旦那以外のペニスをナマで入れちゃっていいの？」と訊く。

「いいよ～、でも中で出さないでね～」

「中には出さないよ、安心して。入っちゃうよ～ホラ入っちゃうよ～、この入る瞬間を覚えてて」と言いながら、俺は独占されていて旦那の入室許可もないのに、勝手にこの奥さんの禁断の花園に不法侵入していった。

ズブズブ～とこの初モノの中に入っていくと波美子は「ああ～、すっご～い、ああ～」と悶えながら、腰から下がブルブル～と痙攣のように小刻みに震えのたうちまわっている。奥まで到達すると、未だ何ものも触れたことのないその超敏感な細胞壁に俺のカリの傘が開き、途中にある突起のような丘を越えてあっちに行ったりこっちに来たりするたびに、「アッヒ～～、ヒィ～～」と喘ぎ、顎を突き出し首に筋を浮かばせながら上半身を大きく反らせて「ああ～、ああ～すっご～い、引っかかってるよ、ねえ、引っかかってる～、おくが～、おくがきもちいい～」と悶えている。

俺の中のＨｙｄｅが四駆のジープに乗り、鳥取砂丘の馬の背のような丘を行ったり来たりして、その丘はゴツゴツしたタイヤ痕の轍で丘を引っかき回していた。

旦那は皮被りでカリもない二駆のため、このコリッコリのゼラチン質のような軟骨の丘を越えられもせず、触れることさえなかったのだろう。

今まで味わったことのない初めての衝撃がこの女の脳髄に稲妻となって走るのだろう。

白目を剥かんばかりに目をひん剥き、「ああ～、ああ～すっご～い、こんなのはじめて～」「イッちゃう～イッちゃうよ～」「イッくぅ～～」という、喘ぎというより絶叫に近い悶え声は、隣の部屋でハメ合ってるカップルにもまる聞こえだろうなと思いながら、半開きのだらしなく開いた口からヨダレを垂れ流す恍惚の表情がたまらなくいい。俺はこの初モノの人妻をイカせることが男の仕事と思う。

その後も休憩を挟みながらじっくりネッチョリとこの奥さんをいたぶり続け、バックからハメながら「奥さん、どうよ？　旦那以外の男にバックからレイプされているよ？　どうする？　ナマでレイプされているよ？　きもちいいかい？」と訊く。

もう何も見えていないかのように「きもちいい～、もっとおかして、もっとおかして～」と決して旦那にも言ったことがないだろう淫らな言葉を聞き、この女の仮面の裏側を覗き見た俺の前頭葉に稲妻が走りぬけて脳髄に衝撃が走った。脳髄から脊髄へと流れた百万ボルトの電流が俺の精巣にも伝達され、ガマンできなくなった俺はイク瞬間に抜いてこの奥さんのFカップの巨乳の上にぶちまけた。

波美子は最近旦那との距離感を感じていた――そんな時、すみれと同じようにSNSを通じて知り合った俺と、数十回に及ぶ文字のやりとりだけで親近感が芽生えたというか、気持ちはぐっと近づいたのだろう。

その日以来俺のことが頭のなかを占め、だんだんと妄想が膨らんで気になる存在となっていき、逢ったこともないのに恋をする——。

いつしか逢いたい気持ちが勝り、そして「一線を越えても構わない」と覚悟が決まる。

そんな魔法にかかったのか、あるいはいつもの料理に飽きて違う味をつまみ食いして、代わり映えしない夫婦生活に刺激を与え、また暫くは平々凡々の生活が過ごせるということなのか。

はたまた最近旦那と夜の営みがないのは自分に何か問題があるのか、他の夫婦はどんな性生活をしているのか旦那しか知らない私には知る術がない。そう思っていた矢先に俺との出会いがあり、確かめてみたいという好奇心か、それとも単に女の欲求が勝っただけなのかはわからない。

一ヶ月くらいしてから東京で仕事があったので、終わったら波美子と会う約束をした。

会えなかった一ヶ月の間、ほぼ毎日のように波美子からメールが来ていた。

今度はいつ頃こっち方面に来るのかとしょっちゅう訊かれ、もうすっかり魔法にかかっていた。

こないだ久しぶりに旦那とヤッたと聞いていた俺は、ゾックゾクして「今度会った時に詳しく聞かせて」と言った。波美子がどんな思いで、どんな顔をして旦那に抱かれたのか、非常に興味がある。

富士駅で待ち合わせた俺たちはまるでデジャブのように同じ場所へ足を進めた。

部屋に入るとシャワーを浴びてベッドに横たわり、久しぶりに旦那とSEXをしたという話を聞いた。その状況を脳髄にインプットして脳内の変態AVコレクションに付け加え、興奮度のボルテージをMAXまで引き上げてから楽しもうとすぐには始めなかった。

今日は子供の幼稚園の遠足だったけれど、どうしても老人ホームで大事な研修があるとウソをついて、「じゃあ僕が代わりに行くから心配しなくていいよ」という旦那に子供を任せてきたという。「これが本当のSEXなのね、初めてSEXの良さを仁史から教わったよ」という波美子が、旦那や子供よりも俺のSEXを優先してくれた事実に興奮した。

「何を考えながら旦那に抱かれたんだ?」とか「入れられている時、俺のペニスと旦那のペニスの違いがわかったか?」などと訊くたびに俺のボルテージの針が吹っ切れた。

俺の脚の間に腹ばいにさせ、旦那の静岡産とは明らかに違う九州産の傘が開いた極太の松茸を味見させせると、マジマジと見ながら「すっごいよね~旦那の倍はあるよ~、このカリがすごいね～」と嬉しそうに裏スジに舌を這わせている。

そして波美子の中に入っていくと「ああ～、すっご～い、ああ～やっぱいい～ぜんぜん、ちがう～」と悶えながら腰から下がブルブル～と痙攣のように小刻みに震えている。

「震えているよ」

「そう、なんで～震えがとまんない～」

「旦那の時もこうなるのか？」

「ぜんぜん、ぜんぜんならないよ～ひとしだけだよ～」と言いながら「ああ～、すっご～い、ああ～きもちいい～」と絶叫している。

前回は初体験で少し緊張していた波美子だったが、今回はどことなく落ち着いて、じっくりと俺の味を味わい堪能しているように見えた。

波美子が一回イッたところで休憩した。暫くすると波美子の携帯にＬＩＮＥが入った。それを見た波美子は「あっ、パパからだ」と言って携帯を見ている。俺が「なんて？」と訊くと「今、田貫湖に着いたって」という。

二回戦目に突入し、ダラダラとＳＥＸして小休止を入れながらまたハメる。そんなことを繰り返していたらまた波美子の携帯が鳴った。波美子はベッドに腰掛けて携帯を見て暫くしてうつむくと、いきなり泣きはじめた。

ちょっとビックリした俺が「どうしたの？」って訊いても「うっうっ、うっ～」と泣いていて何も言わないので更に訊くと「パパが、私が作ったお弁当を今子供と食べている……ママの作ってくれたお弁当おいしいよって。グスッ、グスッ、私、何やってるんだろう～」と言って泣き出した。

俺はこれを見て、ゾックゾクした。

今この女は旦那への裏切りを心から後悔している。

子供と私を愛してくれている、こんなに優しい旦那を裏切って、今私は何をやっているんだろうという罪悪感と背徳感、旦那を裏切っている自分が許せない自責の念、懺悔しても償いきれない後悔でいっぱいの気持ち。

俺は波美子を引き寄せると寝かせ、背徳感でいっぱいのこの人妻に興奮はＭＡＸとなり、強張らせているカラダを開き、愛撫しながら、俺の中のＨｙｄｅが「いいね～いいね～最高だ～」ってもがきながらのたうちまわっていた。

波美子は「ちょっとまって～、ひとし～ちょっとまって～」と拒絶するように俺のカラダを跳ね除けようとしている。

「いいね〜ゾックゾクするよ〜」と俺の中のＨｙｄｅが、イヤ俺としたことが、心の声がつい口から出てしまった。

それを聞いた波美子は「ひど〜い、ひとし、もう〜変態」って俺を睨んだ。

俺は「しまった〜」と思ったが、もう手遅れだし、その後、なだめながら「波美子もパパを愛しているんだろ？　気持ちまで裏切っていないだろ？　別に家庭に支障をきたさない程度に、波美子のちょっと崩れた心と身体のバランスを保つためにしているだけだよ」とどっかで聞いた誰かの言葉を引用して心にもないことを言ってなだめた。

暫くすると落ち着きを取り戻した波美子を再び抱き、まだ、まなじりから流れている涙を舐めながら（あ〜なんて美味しいんだ、懺悔の涙は甘い蜜の味がする）と、今度は心の声を漏らさないように注意した。

波美子はまた俺の腕の中で悶え喘ぎながら「イッちゃう〜イッちゃうよ〜」「イックぅ〜〜」と絶叫し、白目を剥き半開きのだらしなく開いた口からヨダレと、目じりからは涙を流しながら天国への階段を一気に駆け上がっていった。

その日から暫く波美子から連絡が来なかった。

一週間くらいしたらＬＩＮＥで「もう終わりにしたい」と来た。

俺は去るものは追わないので「そうか、わかった、でもあんまり自分を責めるなよ。俺とこうなって初めて気づいただろう？　どれだけ旦那を愛し、どれだけ愛されているかってことが」と返信した。

そしてまた何日かすると返信があった。

「やっぱり仁史のことが忘れられない、逢いたい、仁史に対する思いがまるで潮騒のように押し寄せては戻り、戻ってはまた押し寄せてくる」

あの時、旦那と距離感を感じていたこの女は、こころが満たされていなかった。

そしてＳＮＳの中で見えない共有感に引き寄せられた俺と束の間の逢瀬を重ね、ひと時のこころとカラダの隙間を埋めた。

そしてカラダが満足し、こころの中のグラスが満ち溢れると同時に、旦那への裏切りに後悔し苦悩する日々、しかし一度知った甘く切ない蜜の味を絶つのは困難で、またいつか甘い蜜を求めてしまう。やっぱり貴方のことが忘れられないと。

そしてまた裏切りに後悔し苦悩する日々を繰り返す。

俺は、「知らない方が幸せな場合もあるんだろうな。もう逢わないほうがいいよ」とちょっと冷たく引き離して終わりにした。

手放せない理由《わけ》

「満開の桜と着物の若い女性たち、その笑顔も満開で素敵ですね」

そうコメントが入った彼女のＳＮＳを覗いてみると、金沢の呉服屋さんの若女将っぽい、和服が似合う美しい女性が載っていた。

俺は撮影に行った先でモデルさんを現地調達することも多い。

海外に行く時は特に、日本の古着屋で安いドレスやハイヒールなどを買って持っていき、気に入った女の子がいると交渉して撮らせてもらう。交渉といっても金品ではなく、綺麗に撮ってその写真をあげることだ。

例えばトルコのカッパドキアへ行った時は、フランスから来たという可愛い子ちゃんに滞在しているホテル内の雰囲気のある洞窟バーで、ドレス姿の妖艶な姿を撮ってあげたり、ボリビアの雨季のウユニ塩湖では、チリから来たという男女八人のグループへ声をかけ、そのなかにいたモデルのようにすらっとした美女に真っ赤なドレスを着せ、仲間が周りで盛り上げるなか、天と地の境がなく、青空に白い雲がいい感じで上下に映り込んでいる世界一の鏡の中で飛んだり跳ねたりさせ、その鏡の中にシンメトリカルに天地二人の彼女が映っている、世界にたったひとつのシンデレラを撮ってあげたら大喜びしてくれた。

外国人はみんなフレンドリーですぐに撮らせてくれるが、シャイな日本人はそうはいかない。まずまともに声をかけても半分は断られる。

だが俺は大抵撮らせてもらえる。

綺麗な景色のなかでは、一人でもグループでもお互いのスマホやデジカメで撮り合っていて、自分の全身が写っている写真やグループ全員が写っている写真ってなかなかない。そこで俺は「撮ってあげるからカメラを貸してごらん」と言って撮ってあげる。それも一枚や二枚ではない。

俺はしゃがんだり、時には汚い地べたに寝転がったりしながらいろんなアングルで十枚以上撮ってあげる。そして「要らないのは消してね」と言ってカメラを返す。

そうするとみんなから大喜びしてもらえる。十枚も撮れば一枚くらい自分のお気に入りが絶対あるから。そうしてから「僕のカメラでも少し撮らせてもらっていいかな」と言うとまず断られない。

そうやって撮ったこの京都の写真は清水の満開の桜が咲き乱れるなかで見つけた大阪か

ら来たという女子大生十人組。

サクラや牡丹やあやめの花が描かれた着物を着た、若くてピチピチで笑顔がはじける最高の被写体を俺が見逃すわけがない。

長くて白い階段に一段飛びで縦に並ばせ、清水寺と満開の桜をバックに十人全員を収めた圧巻で最高の写真。

それは春の着物特集や京都の観光雑誌に載っていても遜色ない出来栄えで、あとから彼女たちにメールで画像を送ってやると大喜びしていた。

金沢の彼女はその写真を見て、来てくれた。

彼女は金沢に住む希美江という四十二歳の、加賀友禅の着物を扱う由緒ある老舗の呉服屋さんの若女将で、和服が似合うとても美しい女性だった。

他にも会社を起業しており社長さんでもあった。

金沢や加賀という特色を生かし、伝統的な染物の小物から斬新な洋服やバッグやジュエリーに至るまで、和と洋のコラボ製品を幅広く展開し、その業界ではちょっと名の知れたデザイナーでもあった。

彼女の主宰する「和装小物教室」や「ジュエリーデザイナー教室」は盛況で、若い女性から年輩まで多くのお弟子さんで賑わっていた。

そんな希美江から「お弟子さんたちと秋の京都で真っ赤な紅葉をバックにこんな感じで撮ってもらえませんか」と依頼が来た。

夏も終わろうとしていたこの時期、京都の撮影の日時や場所を細かく計画した。メールのやりとりだけではイメージしている過去の写真や、撮影の小物の準備など詳細を伝えきれないと思った俺はこうメールした。

「九月一日から三日まで富山に行く用事があるので、その後、金沢まで行きますので直接会って打ち合わせをしませんか」と送った。

希美江からは「そうしていただけると助かります、富山に来られるのですね」と返事があった。

俺は日本全国に知れ渡るお祭りは殆ど制覇した。大抵は一回観たり撮ったりすれば満足だが、徳島の「阿波踊り」と富山八尾の「風の盆」だけは毎年行っていた。

「動」の阿波踊り、特に女踊りの腰をしなやかにくねらせながら踊る姿は、なんとも言えない色気があり、腰からお尻にかけてのラインがとても艶やかでセクシー、跳ねた足元の着物の裾が捲れスネがチラッと見えただけで「ドキッ」とする。

躍動感溢れる男踊り、そっちはどうでもいい。

「静」の八尾の「おわら風の盆」は躍動感がないが、そのゆったりとした動きの一挙手一投足に優美さが漂う。

そのなかでも男女が二人でからだを寄せ合い、傘の中から見つめ合うように踊る……なんとも哀愁があり幻想的で切ない踊りだ。

一晩中踊りあかし、始発電車を駅のホームで踊りながら見送ってくれる。これもリピーターが続出する理由だろう。

どちらの祭りも傘を深く被り、口元しか見えないのが相乗効果となり、尚更にいいのだろう。

希美江に風の盆を撮りに行くことを伝えると「いいですね、ここから割と近いけど、まだ一回も観たことがないんですよ、いつか行こう行こうと思っていても、近いと尚更行けないものですね」と。

それから一週間くらいして「吉岡さん、私も『風の盆』観たくなっちゃいました。ご一緒しても構いませんか」と来た。

俺はメールを返した。

「一日は正午頃富山に入ります。そこから高山線で八尾まで行きます、その日は最終で富山まで戻ってきて泊まり、二日目はおそらくオールナイトで朝まで撮ります。初日でよければ構いませんよ」

「一日は空いているのでお願いします」

「わかりました、三日の日はバテてホテルで寝ているので、金沢に行くのは四日で大丈夫ですか」

「大丈夫です」

　当日富山駅で希美江と待ち合わせた。初めて見る彼女は写真のままで若く美しい女性だった。背中まである綺麗な黒髪がよく似合い、センスのいい服装や歩き方や口調まで上品さが滲み出ており、普通にはないオーラが出まくっていた。

　誰かに似ていると思っていたが、本人を見て思い出した。女優の井川遥だ……と思った。

　本人に言うと、たま〜に言われると笑っていた。

　電車まで時間があったので、ランチをしながらいろいろ訊いてみた。小学校四年生の男の子がひとりいて、旦那はいずれ家業を継ぐが、今はまだ好きなことをさせてもらっていて、金沢のラジオ局のお偉いさんだと言っていた。

自分は旦那の実家の呉服屋の経営には直接関わっていなくて、週二くらいは手伝っている、要するにカンバン娘的なものだという。

高山線で越中八尾駅まで移動し、会場となるメイン通りまで川沿いをてくてく歩いていった。

一番観たい踊り子のチームの一番の見せ場となる、踊り場の階段のいいポジションにシートを敷いて場所を確保すると、俺たちは日が暮れるまで街並みを散策した。

定刻になり祭りがはじまった。三味線や胡弓の楽器と囃子方《はやしかた》の歌声だけで若い男女がゆっくりと舞う。

それはまるでオスが色鮮やかな羽を広げてメスに求愛するクジャクのように、時には激しく、時には片脚のみで十秒以上ピクリともしない。そしてやがて男と女はからだを寄せ合い、手を握り、傘の中から見つめ合う。

今年は何万人来ているんだろうと思わせるくらい、特等席のこの位置は右から左から押し合いへし合い、両サイドから詰められて俺と希美江は身体をピタリと密着させられ、

「キャッ」と言って希美江は俺の腕にしがみつく。

希美江の体温と高そうな香水で俺の頭がクラクラしてきた。

この踊り場で観衆に囲まれて舞う夜のクライマックスは二部構成で、一時間後くらいにもう一度あるが、それを観ていると、どっと帰り客で駅も電車も混雑するし、俺には明日もあるからと思い、一部で切り上げて駅に向かうことにした。

帰りの電車の中で希美江が言った。

「観に来てよかった。こんなに感動するとは思わなかった」

「この踊り子たちはみんな二十五歳以下の未婚の子たちだよ。そんな決まりがあるらしい。男女が一言も発せず、動きだけでまるで『能』のように観ている側に物語を創作させる舞いで感動的だったでしょ？　希美江さんはどう感じた」

「ほんとうね。なんだか切なくもあり、悲しい恋って感じがしたわ」

「でしょう？　俺は若い男女がお互い惹かれ合っているのに結ばれぬ運命、結ばれぬ恋、でも逢いたさ募って真夜中にこっそり家を抜け出し、二人だけの秘密の場所で逢瀬を重ね、喜びを表現するように舞う、とても切ない物語に見える」

「吉岡さんってロマンチストね。だから吉岡さんの写真からは癒しや穏やかな安らぎというか哀愁みたいなものを感じる」

「そうかな、女々しい写真って言われたこともあるよ」

「女々しい？　そんなことないですよ、ロマンチストだからあんな愛のあるあったかいシーンとか撮れるんですよ」

「じゃあ四日の日に」と言って富山駅から希美江を見送った。

祭りの撮影を終えて金沢に移動した俺は、二、三日能登でも周ってみようかと駅でレンタカーを借りた。

希美江から送られたＬＩＮＥの位置情報を元に希美江の家に向かった。東茶屋街をちょっと行った大きな呉服問屋の駐車場に停め、着いたことを知らせると、間もなくして店の中から髪を結い、輝度のある紺地に、ライトサーモン色の斜め柄の中を泳ぐ鯉の着物を着た、まさに銀座のクラブにもめったにいない絶世の美女が出てきたので、その美しさにビックリし見惚れた。

こないだの「洋」も良かったが、この「和」もゾックゾクする。

大きな奥座敷に通された。日本庭園のような手入れが行き届いている庭には大きな池もあった。

旦那は仕事で留守だという。

俺は早速、撮影の打ち合わせに入った。

いくつかの過去の写真集や画像を見せ、風景が紅葉だから着物を主張させたいなら赤系は避けたほうがいいとか、溶け込ませたいなら赤や黄色、緑もいい、小物は番傘や扇子なども決めていった。

打ち合わせが終わると兼六園まで移動し、希美江の着物姿を撮影することにした。

定番スポットの霞ヶ池をバックに虎石や虹橋を入れて撮影すると、周りにいる多くの観光客に撮られ、そのなかにいた外国人が「オゥ〜ビユ〜ティフル〜」と言いながらパチパチ撮っていた。

ここまでの車中で「着物を着る時は本当は下着を着けないって聞いたことあるけど、ホントなの?」と訊いてみた。

「今の若い子はみんな着けているわね。でも本格的に着物でお仕事する人は着けないわ。お師匠さんや芸者さん、お茶やお花の先生とかも着けないわね、私なんかも着けていたら主人の母からよくしかられたわ」

「えっ? じゃあ希美江さんは、今?」と訊くと「もちろん、スッポンポンよ〜」っていうので、俺は「ウヒョ〜」と叫んだ。

さっきから撮影していてもそのことが気になり、ファインダーを覗くと透けて写る妄想に耽った。また、こないだの身体を密着させた時の温もりと、体臭と香水の入り混じったあのフェロモンの匂いが蘇ってきた。

希美江は俺のＳＮＳを見ているので、当然ヌードとかも撮っているって知っているはず。俺は訊いてみた。

「希美江さんは自分で着付けもできるって言ってましたよね？　これから部屋でイケるところまででいいんで、ちょっと脱いでみませんか？」

「えっ、どこでですか？」

「僕は今金沢駅前の○○ホテルに宿をとっています。僕はカメラ機材や荷物が多いので、いつも部屋の広いツインをとるんですよ。そこで少し撮ってみませんか？」と言うと、時計を見ながら「今三時ちょっと過ぎ、子供が塾から帰ってくる七時前くらいまでだったらいいですよ」と思わぬ返事が返ってきた。

早速ホテルへチェックインした。豪華なホテルではないので、ツインといってもたかが知れている。簡易スタジオにするスペースもない。

椅子に座らせて数枚撮ったが、子供の七五三でお母さんが椅子に座っているような写真しか撮れない。

「着物脱いでも、自分で着られます」というので脱ぐことには抵抗はないんだと思った俺は思いきって訊いてみた。

「希美江さん、脱ぐ前に『スッポンポンよ～』って言ってたアソコをちょっと見せて」と。

するとと手で口を覆い「ええ～」って言いながらポッと赤くなった。

勢いで俺が「おねがい」って言うと、恥ずかしいわ～と言いながら少し足首を広げたが、膝がくっついたままなので、更に「おねがい」と言うと「じゃ～ちょっとだけよ～」と加藤茶は、イヤ希美江は手で着物の膝の辺りの裾を切れ目から左右に開いていった。

着物の下に白い布地その下にもまた布地、そして何回目かにやっと白魚のような綺麗な肌をした、スネからふくらはぎが覗いた。

俺はこのふくらはぎだけで「イケる」と思った。

俺はドキドキしながら、まだ膝が閉じていたので「膝を広げて」って言うと、両手で顔を覆い「はずかしい～」と言いながら少しずつ脚を開いていった。

徐々に徐々に太腿という山間に陽が当たり、奥まった山間の谷深いところにある観音様に陽が差し込んでいく。

俺は陽が完全に差し込み、ご開帳した観音様を見て驚いた。

ケ・ケ・ケがないのだ～。

この女も、希美江もツルッツルのパイパン女だった～。

俺は昔の女たちの顔が浮かんできた。アレとアレ、あいつは俺が剃ったから違うか～、四人、イヤ五人目だなと思い「剃っちゃったの？」と訊いてみた。すると「永久脱毛なの」と。

「なんで？」って訊いたら「水着とか着る時いちいち処理するのが面倒だから」という。

俺はしゃがみ込みながら膝に手を置くと、グイッと両側に開き、顔を近づけながら確かに剃り跡や生えはじめのブツブツもなく、ツルッツルの白く綺麗な丘と土手をしていた。

「濡れているよ」と言うと、真っ赤な顔を手で覆いながら「はずかしいよ～」と言うので、腰を引いて浅く座らせ、摑んだ両脚を持ち上げると俺の肩に掛けた。

そして迷うことなくヴァギナを舐めながら「すごいよ～、蜜が溢れているよ～」と言うと「ヤダ～きたないよ～シャワ～浴びてないからきたないよ～」って言いながら俺の頭を押さえ、脚をばたつかせて喘ぎ声を漏らしはじめた。

その蜜は今日一日の汗やフェロモンの汁が入り混じった、風呂上がりには味わえない本物の味で、俺の中のＨｙｄｅがのたうち回って喜んでいた。

「おいしいよ」って言うと脚を小刻みにブルブル震わせながら喘いでいる。

暫くするとガマンできなくなったのか「ねぇ、貴方のも舐めたい、舐めさせて〜」と催促した。

俺の肩から脚を下ろして立ち上がるとズボンのベルトを外し、パンツごと下げて露出した。前にソソリ立ち、今にも襲いかかりそうな俺の虎石を目の当たりにした希美江は、口に含むとしゃぶりはじめた。希美江の口の中で虎石から竜石へと変化したビンビンの竿を一旦口から抜くと「すっごいね〜、りっぱね〜」と言って俺の目を見てニコッて笑った。

さっきの撮影の時の凛として気品溢れるオーラが漂う絶世の美女の顔と、今俺のペニスに喰らいついている淫乱な顔、この仮面の表と裏の顔のギャップに俺のボルテージはMAXに達した。

俺は希美江に「ねぇ、このままバックで犯させて」と言いながら希美江を立たせると、ベッドへ手を突かせ着物の裾を持つと捲りあげた。だが何枚も重なっているのでうまく捲り上がらなくて、すぐにスルスルっと落ちてくる。もっと深く腹ばいにさせ、首の辺りまで裾をグイッと上げると、やっと希美江の真っ白な綺麗なお尻が全貌を覗かせた。

俺の〝うまか棒〟をアソコの形に添って上下させて溢れた蜜を満遍なく塗りたくって、

一気にこの初モノの人妻をバックから突き上げて犯した。

ニュルニュル～って入っていった。お～最高に締まりがいい。奥行きも文句なく、途中のコリッコリの軟骨も最高で俺のカリを刺激する。

この信じられない恰好が前の鏡に映っている。

殿にいきなりバックからハメられ、「あ～すっごーい、きもちいい～」と喘ぎまくっている鏡の中の姫の顔が卑猥過ぎる。暫くすると脚がブルブル痙攣のように震えだし、腰から下が崩れ落ちそうなので、膝をベッドの上に置かせ、クッションを胸の下に挟んでベッドに密着させ、尻を突き上げさせた。

さっきよりコリコリ感が強くなった希美江は「あ～すご～い、おくがきもちいい～、こんなのはじめて～」と更にすごい喘ぎ声で悶絶している。暫くその体位で楽しんだが、あまりにも希美江のすごい喘ぎ声に、ラブホではないビジネスホテルの隣の部屋に聞こえてないかと、ちょっと心配になったので一旦抜いた。

希美江を起こした俺は、この帯を緩めて端を持って「あ～れ～、お殿様～おやめください～」って、志村けんのあのシーンをやりたかったが部屋が狭いので諦めた。

着物がシワになったり汚れたりしたらまずいと思ったので、「脱いで」と言って俺はバスタブにお湯を溜めた。

シャワーを浴び、ベッドで全裸のこの人妻の全身を舐め上げていった。

オッパイはちょうどいいおわん形で、括れたウエストと尻フェチの俺がヨダレを垂らさんばかりのいいケツとすらっと長い脚、色白の北陸美人の程よく盛り上がった不毛地帯。

昔雑誌で見た紐のような細いモノでギリギリ、マンスジだけを覆った壇蜜の写真、これと同じで綺麗な丘をしていたのを思い出した。

お互いに舐め合い、汁を啜り合った。希美江は「おっきい〜、すっご〜い、こんなの初めて見たよ〜」と驚きながら舐めている。

若くて綺麗で、そして何より幸せな奥さん、この感度抜群のちょっとエッチなカラダ、最高に抱き心地がいい。

俺の腕の中で絶頂を迎えた時のイキ顔が最高にエロかった。

そのエロいイキ顔に俺の興奮は頂点に達し、イク瞬間抜いて希美江のツルッツルの桃缶の中のモモのような不毛地帯の丘に、俺のシロップを満遍なくぶちまけた。

その後帰り支度をした希美江は「さすが〜」って思わせるくらい、来た時と寸分違わぬ着こなしでバリッと着物姿を復元した。

俺は明日から能登をグルッと周り、明後日またここに戻ってくるので、その日にまた会う約束をして旦那の待つ家まで送り届けた。

千枚田や輪島を撮影して金沢へ戻った俺は車に希美江を乗せ、近くのラブホテルへ向かった。今日は隣を気にしないで楽しみたいから。

ゆったりまったりと希美江と過ごした。

希美江は仕事以外のプライベートのＳＮＳには、子供や旦那さんと遊びに行った先の写真や動画をたくさん載せていて、ちょっとおちゃらけている希美江を見て「アホな母ちゃん」と息子が笑っている動画や、旦那とも仲良く接している写真などから幸せな家族って伝わってくる。

毎年必ずハワイやグアム、バリなど海外旅行も行くらしい。

ただ旦那とはもう何年もＳＥＸをしていないという。俺はそれを聞いて「えっ？　何かあったの」と訊ねると「何もないよ、旦那はもともと淡白で、つきあっている時から回数は少なかった」という。

「じゃあ旦那はどうやって処理してるんだろう？　女でもいるのか？」

「もともとそういうの好きじゃないみたい。子供を作る時は頑張ったけど、できてからはほとんどなく、なんか面倒くさいみたい。それに昔言っていたけど、どうしても我慢できなくなったらお風呂でひとりでしているらしい。汚れないからとか言っていた」

旦那の写真を見て思うが、どうしてこんな絶世の美女にこの旦那って思うくらい不釣り合いだった、希美江はどうしてこの男と結婚したのだろう、やっぱり家柄とか金か？　悪いけど旦那は新宿二丁目にいるようなタイプで、ひょっとしたらアッチ系かなと思った。

それではこのエロい奥さんはガマンできるわけないよな。

「今彼氏は？」と訊いてみた。

「結婚して一回だけ浮気したことがある。子供ができる前の三十歳くらいの時に相手は二十歳の子で、半年くらいで終わっちゃったけどね」

「二十歳のガキんちょは三十路の脂がのりきっているカラダに夢中になっただろう？　なんで別れたの？」

「その彼とは仕事のつきあいで、私が好きになってそういう関係になったの。でも旦那が少し疑い出して、なんでもないよ、仕事の取引関係の人だよと言って旦那にも会わせたの。二十歳の若者を見て、こんな若い子とあるわけないかと思ってくれたのかそのまま収まった」

「それで切れたの？」

「ううん、それからも二、三回会ったかな～。でも旦那が子供が欲しいと言い出したので、もういいかなと思って別れたの」

「それからは今日までいないよ。いろいろおいしいこと言って近寄ってくる人は何人かいたけど」

「おいしいことって？」

「愛人になればこの会社を任せてもいいよとか、資金援助や有力者を紹介するから一度お食事に行きませんかって多いかな」

「今日は遠慮しないで喘いでいいからね」って言うと何年ぶりかに蘇った女の欲求（？）、忘れかけていた快楽（？）がこの女の乾ききっていた脳髄に汁を溢れさせ、その長年の鬱憤を晴らすように悶え、喘ぎ、乱れまくった。


初めて触れられた領域の超敏感な刺激にカラダを捻りながら悶絶し、白目を剥いてヨダレを垂らしている。

上から下からバックから攻められたこの十年ぶり（本当なら）くらいのＳＥＸに、狂ったように「もっと、もっとちょうだ～い、もっと、おかして～、ああ～きもちいい～～」

「イッちゃう～イッちゃいそうだよ～ひとし～、イッていい？　イッていい～？　イックっ～～」と言いながら上半身をエビのように反らせ、脚は突っ張り硬直させながら、天国への階段を一気に駆け上がっていった。

この最高のイキ顔に俺も我慢できなくなった。

「どこに出してほしい？」

「中でいいよ、中に出していいよ」

「安全日なの？」

「ピルを飲みはじめたの。ピルを呑んでいるから、中で大丈夫だよ」

驚いた俺は「なんで？」って訊いた。

「だってひとし、こないだ、この人妻のマ〇コの中に思いっきりぶちまけてぇ～って言ってたでしょう？」と言うのを聞いて、え～俺の心の声が、イヤHydeの声がまた口から出ちゃったかな～と思いつつ、旦那とはSEXしていないので必要がない、俺だけのためにこの女はピルを飲んでくれているのかと思い、「俺のためにか？」と訊くと「そうよ、ひとしのために呑んでるよ」「いっぱい出して、ひとし、あいしてるわ」と色っぽい目で言う。その最高の淫語に俺の中のHydeが「じゃ、遠慮するな。この人妻のマ〇コの中にぶちまけろ〜」ってゴーサインを出している。

この北陸美人の人妻の子宮の中の卵巣に向かって、俺の精巣から何億機ものスペースシャトルが発射された。

その瞬間希美江は「あ〜あったか〜い」と恍惚の表情を浮かべている。

俺のためにピルを飲んでくれる人妻は二人目だ、イヤ「さ・し・す・せ・その女」陽子の場合は同時に三人の男に中出しさせるために飲んだが、この希美江は俺だけのために飲んでくれている感動ものだ。

仕事の関係で頻繁に東京や大阪・福岡に出張している希美江は、それを口実に俺とも頻繁に会い、全国あっちこっち旅行もした。

三月、東京千鳥ヶ淵のサクラ、四月は新潟のチューリップ、五月は足利の藤、六月は鎌倉の紫陽花、七月は富良野のラベンダー、八月は山梨のひまわり、九月は三重のバラ、十月は巾着田の彼岸花、十一月は京都の紅葉、などなど全国を周り、その都度希美江の最高の写真を撮りまくり写真集やカレンダーにもした。

希美江は起業している会社の美人社長だから、甘い汁を啜りたい輩どもがエサをぶら下げて近寄ってくるが、会社の経営者としての采配や手腕に長けており、また多くの人脈や部下からも信頼が厚く、そんなハイエナなど入る隙もなかった。

そんな野心家の希美江に対して旦那は自由にさせていた、たぶん子供を愛し家庭を大事にし、自分にも優しくていい妻だ、また呉服屋の若女将や看板娘として世間的にいつまでも若く綺麗でいてくれるなら、自由にのびのび好きなことをさせてあげよう、いずれ歳をとって落ち着けば家に入るのだから、とそんな考えなんだろうなと思う。

つきあいはじめて二年も過ぎようとした頃、この女に妙な性癖があるのに気づいた。

いつも俺に抱かれながら、まるで犬のように、首筋や耳の裏辺りをクンクンする。そしてこう言う。「あ〜いいにおい」夏場の汗をかきやすい季節や、三日くらい風呂に入ってない時など特に「あ〜いいにおい〜仁史のこの匂いがたまんない」と悶える。

そう――この女は匂いフェチだった。

臭ければ臭いほど燃えて、悶える。

そんな希美江を見て俺はいつも「希美江、気持ちいいか？　ほら、今希美江はくっさ〜い浮浪者に犯されているぞ。くっさ〜いチンポ突っ込まれているぞ〜」と言うと、いつもより更に燃え「もっと〜もっとおかして〜」と俺も面白くていつもこうやって遊んでいた。

また俺に会えなくて寂しい時は、よく自慰行為をしていると頬を染めて暴露した。

俺はそれを聞いて、詳しく教えろと迫った。

まだ子供が小さいので三人で川の字になって寝ていると、旦那や子供が寝静まったらパジャマの下とパンティーを脱いで、布団の中でひっそりと唾で塗らした指でアソコを弄ってオナニーをするという。しかも頻繁に。

俺はそれを想像して悶えた。

ちょっとやって見せてと言うと、俺の横で自然にはじめ、お互いオナ見せしあった。

それはＡＶでよく観るシーンだ。出征し戦死した旦那を思って毎晩布団の中で自慰行為に耽る未亡人や、長期出張の旦那に抱いてもらえない人妻が寂しくてオナニーするように、まさに今俺の横に素っ裸で、唾で塗らした指で自分のオ◯ンコを弄りながら恍惚の表情で吐息を漏らし悶えている若妻がいる。

それを見ながら、人妻が誰にも見られず火照ったカラダをひっそりと慰めるこの行為は、決して覗いてはならない秘め事だと思った。

その見てはならない仮面の裏側を見て俺はゾックゾクした。

それは前作で書いたように十七歳の時、壁に開けた小さな穴から、アパートの隣のカップルのＳＥＸを、二メートルあるかないかの至近距離で覗いた時と同じような興奮がある。

そして希美江が自慰行為で頂点に達する時、希美江のヴァギナがキュ～って締まるその瞬間を狙って、横でオナ見せしていた俺のフル勃起したペニスを突っ込むと、今まで感じたことのない激震がこの女の脳髄と脊髄と子宮に走り抜け最高だという。どんな感じなんだと訊くと、イッた瞬間がず～っと続いているらしい。

俺もそんなSEXが癖となり、毎回メニューに加えた。

希美江も自分の両脚を肩に掛けて挿入しながら、ふくらはぎやスネを舐め、「あ～人妻の味がする、奥さんおいしいよ～、人妻の味はさいこ～においしい～」と言っている俺のその変態でセクシーな顔とこの加齢臭を思い出しながら、毎回寝る時にする自慰行為のオカズにしているという。

次に会うと、この会えなかった期間、何回俺をオカズにオナニーしたのかを報告することが義務となっていた。

こないだ会った時、希美江が手帳を見て今日で会うのは八十七回目だよと言った。

つきあいはじめて四年で八十七回か……百回が見えてきたなと思った。日に二回以上する時もあったので、完全に百回以上この奥さんを抱いているのかと思った。

この四年間、俺のプルップルのコラーゲンが口からヴァギナからこの奥さんの体内に注入され、その成分を吸収した細胞が俺色の染色体に染まり、この女のカラダが俺の色、俺の匂いと同じになり、俺たちは融合し溶け合う。

希美江は四年間、イヤこの先もずっとピルを飲み続け、俺はずっとコラーゲンを注入し続け、この奥さんをいつまでも若く美しく、プルップルの肌で潤していかなければならないのだ。

こんなに若くて綺麗でエロいカラダとエロい性癖、幸せな人妻、そして飲むのも大好きだし、いつでも遠慮なくナマで膣内に射精させてくれる女。

こんな最高の女を手放せるわけがない。

終活

初老という言葉がだんだん現実となりつつある今日この頃。

もうそろそろ女も潮時かな～って思い、終活を……イヤ、そんなことを考えるのはチンポが勃たなくなってからだ、俺は生涯現役。

俺がガキの頃から憧れている千葉真一先生。

御年七十六歳、愛人は二十二歳の女子大生、その差、な・なんと五十四歳。

俺ですらせいぜい三十歳差なのに、完敗だ。

さすが狙った獲物は逃がさない「キーハンター」だ、俺も見習いたいくらいだ。

俺の人生、この『自叙伝』のように、人に誇れるような生き方はしてこなかった。

それどころか「ゲスの極み」「稀代のワル」「クズ野郎」こういう言葉が俺にはお似合いかも知れない。

愛と憎しみは紙一重っていうように、出会いの最初はトキメキや憧れ、そして気になる存在から好意へと変わる……終焉は憎しみや涙で終わる。

そして結局あの男はゲスだった、クズだった、ワルだったと殆どの女が自分に言い聞かせる。

相手を揶揄することで、自分の愚かさ、自分の惨めさ、自分の過ちを転換させ、私は騙された、私は裏切られたと思うことで自責の念に蓋をしてしまうのだろう。

十六で童貞を捨て、十七で友達のアパートの壁に開けた穴から、隣のカップルのリアルなSEXを覗き見て我慢できず忍び込み、彼氏と間違われてヤッたSEX、十九で友達の好きだった女とその友達が寝ている横でＳＥＸをし、やがてそいつの女房になってからの不義密通、二十一の時先輩の彼女を社員旅行のバスの中で孕ませてしまったＳＥＸ、三十代になってからも不倫中の人妻を許可なしにホモたちにハメさせたＳＥＸ、二組の親子どんぶりを経験したＳＥＸ、四十代で更に加速し、入院中の病院で女性患者、見舞い客、病院レストランのウェイトレス、看護師等々とのＳＥＸで病院内で暴れん（棒）将軍は大暴れ、（前作「Ｈｙｄｅ時々Ｊｅｋｙｌｌ」から）。

若い頃は俺も、いい夫、いい父親でいた時もあったはず。

だが、いつの頃からだろうか。俺の脳髄に寄生虫が宿り、不倫・不貞・背徳・裏切り・不義密通に悶え喘ぎ喜び、やがて罪悪感に苛まれ自責の念から涙を流す女たち。

その贖罪の涙を啜って成長した寄生虫は、やがてハイドとなり暴走する。

初めて女を知った十六から現在に至るまで、数えきれない女を抱き、そのなかでも常識では決してありえないような、普通では味わえない超刺激的な経験の連続で俺の前頭葉が開花し、脳髄は麻痺し、俺は薬ではなく「背徳行為」でジキルからハイドへと変貌していった。

子孫を残す以外の快楽のＳＥＸは人間のみに与えられた特権。

人間は所詮動物であり、その本能で生きている。だが人間社会は秩序や、ルールを守り常識をわきまえて生きるのが当たり前の世の中。

人間本来の思想や欲望、感性や好みや性癖といったさまざまな自由な本能を「理性」というもので蓋をして覆ってしまう。

そうやって生きている者こそ、立派で正しく真面目な人間だと世間から評価される。

そうでなければ動物、イヤ動物以下の虫ケラ扱い、俺は評価される覚えもないし人間か虫ケラか、などと決めつけられる筋合いもない。

人間はみんな人の「不幸」が大好物である。特に金持ちや有名人や美男美女などが不幸に遭うと「かわいそう」と上から目線で見下しながら、心の中で舌を出してヨダレを垂らしている。「もっと不幸になれ〜、もっと落ちろ〜」と。

他人の裕福さや地位や敵わぬ容姿端麗にうらみ、つらみ、ねたみ、そねみ、いやみ、ひがみ、やっかみの七味唐辛子をうどんに振りかけ啜りながら、お茶の間でそんな「人の不幸」にヨダレを垂らしテレビに見入っているヤツらと俺で何が違うというのか。

フェリー旅で出会った横浜で不動産屋を営む社長夫妻がいた。船の中で旦那と仲睦まじく、子供はいないが、とても幸せそうな奥さんに見えた。俺の写真を気に入ってくれてL

ＩＮＥでのやりとりが続いていた。

その奥さんとは船の中で知り合った時に一回会ったきりで、もちろん関係など持っていない。

ＳＮＳの中でこの幸せな奥さんと接していると「幸せの水」のお裾分けをしてもらい、俺の心の中のグラスが満ち溢れる。その時だけジキルでいられ、なんでも話せる数少ない相手だった。

その奥さんに前著を紹介し、読んだ感想を尋ねてみた。

「主人公中心の目線で物事を解釈しているが、もう少し相手の女性の立場からの心情や解釈や気持ちが欲しかった」と言われた。

俺は「難しい注文だ、男の俺には女の秋の空のような心情はよくわかんね～し、試したり探ったり妬んだり恨んだり、男より腹黒いってのはよくわかるが」と返した。

そしてこうも言ってくれた。

「読んでいて、濡れた」――俺にとっては最高の褒め言葉だ。

「吉岡さん、愛人は何人いるんですか?」と後輩などによく聞かれる。

そのたびに「四十七人、あっ、まだ沖縄にいないから四十六人だ」と言うと笑いを誘う。

四十六人はちょっと大袈裟だが、今回のこの続編では、そんななかから、俺の、イヤHydeの脳髄を震わせ汁を溢れさせた女たちを厳選して登場させた。

死に損なった女、ソープ嬢になった女、ジェネレーションギャップの女、俺をハメようとした女、殺されかけても懲りない女、そして仮面の表と裏の狭間で葛藤する女。

まったく俺の周りの女どもは、退屈させないで楽しませてくれるぜ、人生楽しいわ。

この本は俺がこの世に生きてきた証だ。悪書と言われようがまったく気にならない。

この本を読んでくれた人が、ただ一言「面白かった」と言ってくれるだけで。

俺の脳髄は「イク」ことができる。

そしてこの俺の生き様「俺の自叙伝」という物語は、

前作の『Ｈｙｄｅ時々Ｊｅｋｙｌｌ』と、
この『続・Ｈｙｄｅ時々Ｊｅｋｙｌｌ』の、
両方で初めて完成形となるのだ。

最後まで読んでくれてありがとう。

完

著者プロフィール
吉岡 仁史（よしおか ひとし）
1964年11月26日生まれ。福岡県出身。
福岡県内の工業高校を卒業、現在に至る。
著書に『Hyde 時々Jekyll』（2011年、文芸社）がある。

続・Hyde《ハイド》 時々Jekyll《ジキル》

2021年 9 月15日　初版第 1 刷発行

著　者　吉岡 仁史
発行者　瓜谷 綱延
発行所　株式会社文芸社
〒160-0022　東京都新宿区新宿1－10－1
電話　03-5369-3060（代表）
03-5369-2299（販売）

印刷所　株式会社フクイン

ISBN978-4-286-23124-2